달이 뜨는 동쪽, 세상의 끝

주얼

eastend

| 차례 |

추천의 글　　5

최선의 선택　　13
그해 겨울 눈 덮인 해변에서　　53
파도에 몸을 맡기고　　117
달이 뜨는 동쪽, 세상의 끝　　159

작가의 말　　217

추천의 글
달빛 속을 걷는 일

박은지
부비프 대표

과거는 언제부터 과거가 되는 걸까.

시간의 흐름을 기준 삼으면 모든 순간은 시시각각 과거가 된다. 이 글을 읽고 있는 당신의 지금도 다음 문장 앞에선 곧바로 과거가 되어버리고, 눈을 깜빡이는 순간 그만큼의 과거가 새로 만들어진다.

그럼 이렇게 말해보면 어떨까. 마음에 난 물길을 다 지나간 일, 지나간 생활만을 과거라고 한다면. 그리하여 더 이상 현재를 억압하지 않는 기억만을 과거라고 부른다면. 오직 그것만이 과거라는 이름을 부여받을 때, 얼마나 많은 기억이 일순간 현재가 되어버릴까.

*

 주얼 작가의 연작소설 『달이 뜨는 동쪽, 세상의 끝』은 두꺼운 현재를 사는 사람들의 이야기다. 그들의 현재는 흘려보내지 못한 과거가 중첩되어 두툼하다.
 소설 속 인물들은 각자의 구멍을 지니고 살아간다. 사춘기 시절 겪은 누나의 죽음에 죄책감을 느끼거나(「그해 겨울 눈 덮인 해변에서」), 갑작스러운 연인과의 이별로 새로운 사랑 앞에 망설이기도 하고(「최선의 선택」), 애써 당도한 현재에 대한 의문이 지난 삶에 대한 회의로 이어지기도 한다.(「최선의 선택」, 「파도에 몸을 맡기고」) 누군가는 늦게 알아차린 마음을 가슴 안쪽에 간직한 채 살아가기도 한다.(「달이 뜨는 동쪽, 세상의 끝」)
 구멍은 외투 안쪽에 덮여있다. 외투를 입은 그들은 시청 공무원으로, 도시계획 회사에 다니는 직장인으로, 카페 사장으로 잘 살아가는 듯 보이지만 외투를 벗는 순간 바닥 깊은 심연이 드러난다. 소설은 그 심연을 가만히 들여다본다. 캄캄한 구멍 안에는 오래된 과거, 그러나 조금도 녹슬지 않은 생생한 과거가 흘러가지 못한 채로 고여 있다. 그것들이 모두 현재를 이룬다.

과거가 현재 안에서 끊임없이 되풀이될 때 사람들은 나름의 방법을 찾는다. 잊기 위해 애쓰기도 하고, 신에게 기대기도 한다. 여기 실린 소설 속 인물들은 직면하기를 택한다. 직면의 장소는 '달이 뜨는 동쪽', 속초다. 네 편의 소설에서 속초는 직면 이후의 회복과 치유가 일어나는 공간으로 등장한다. 그것이 일견 타당하게 느껴지는 건 바다 때문일 것이다. 균열을 품은 사람이 마침내 바다 앞에 설 때, 그 틈으로 바닷바람이 통과하면 무언가 일어난다. 가라앉거나 떠오르거나. 그것은 무한에 가닿는 경험이다.

호흡도 편안해진다. 밀물과 썰물은 들숨 날숨과도 닮아서, 바다에서 사람은 바다의 속도로 숨 쉬는 법을 배운다. 그러므로 삶의 어느 시기에는 바다와 마주 보는 시간이 필요해지고, 그때마다 사람들은 바다를 찾는다. "나는 바다와 결혼한다"고 말한 카뮈처럼. 그 도든 걸 바다의 마법이라고 불러도 좋을 것이다. 그러므로 『달이 뜨는 동쪽, 세상의 끝』은 바다의 자기장 안에서 회복을 도모하는 사람들의 이야기이기도 하다.

바다를 품은 도시 속초에서 소설 속 인물들은 구멍 안쪽의 오래된 이야기를 꺼내 올리고, 이런 말을 듣는다.

"분명 누구보다 치열하게 고민했을 테고, 그러니 그건 그때 현정씨가 할 수 있는 최선의 선택 아니었을까? 결과로 판단할 수는 없어요. (...) 아마 앞으로 현정씨 앞에는 계속해서 문이 나타날 거고, 그 문을 통과해야만 어디든 갈 수 있을 거예요. 그러니까 내 생각에 중요한 건 문을 열고 발을 내디디는 그 행위 자체인 것 같아요. 그 끝이 어딘 지가 아니라."

「최선의 선택」

"지금도 잘하고 있어." "오빠 탓은 아니야."

「그해 겨울 눈 덮인 해변에서」

"저는 가출했으니까 이제 집에 안 갈 거예요. 집에 안 가고 제가 가고 싶은 데로 갈 거예요. 거기에서 계속 있을 거예요. (...) 아저씨도 가출했으니까 가고 싶은 데로 가요."

「파도에 몸을 맡기고」

어떤 시절은 꼭 들어야 할 말을 들음으로 인해 건너가진다. 그 말은 타인의 입을 통해 들려오기도 하지만, 때로는 책 속의 문장으로 다가오기도 한다. 그러니 이 소설을 읽는 건 한 시절을 적극적으로 건너가겠다는 의지이기도 할 것이다.

소설 안에서 회복의 기제는 자연의 언어(바다)와 인간의 언어로 동시에 밀려온다. 여기에 또 한 가지. 바로 달빛이다. 네 편의 소설에서 달은 수시로 등장한다. 밤하늘에 실재하는 달로, 액자 속 사진으로, 달을 닮은 조명의 형상으로 인물들의 주위를 맴돈다. 그들을 비춘다. 삶이 캄캄할 때, 어두운 밤의 시간에 서 있는 듯해도 실은 모두가 환한 달빛의 영역 아래 있다고 말을 건다. 희미할지라도, 달은 변함없이 떠오른다고. 바로 동쪽으로부터.

*

『달이 뜨는 동쪽, 세상의 끝』의 계절은 모두 겨울을 그린다. 겨울은 봄을 앞두고 있다. 소설의 마지막 장을 덮으며 이야기 속 인물들이 맞이할 봄을 상상한다. 과거를 새롭게 해석하고 흘려보낸 그들의 봄은 전과 다를 것이다. 이 책을 펼친 당신도 현정과 하윤처럼, 지후와 연우처럼 '달이 뜨는 동쪽'을 가볍게 걸었으면 좋겠다. 달빛이 당신을 비출 것이다.

최선의 선택

 아마 앞으로도 현정씨 앞에는 계속해서 문이 나타날 거고, 그 문을 통과해야만 어디든 갈 수 있을 거예요. 그러니까 내 생각에 중요한 건 문을 열고 발을 내디디는 그 행위 자체인 것 같아요. 그 끝이 어딘 지가 아니라.

최선의 선택

휴게실 테이블 위에 놓인 작은 케이크에 현정의 나이에 맞춰 길쭉한 초 세 개가 꽂혔다. 초의 모습은 흡사 제멋대로 웃자라 잘라줘야 할 것만 같은 잡초처럼 보이기도 했다. 현정은 자신의 서른 번째 생일을 딱히 직장에서 축하받고 싶은 마음이 없었지만, 매달 생일긴 직원이 있으면 의례적으로 챙기는 행사라 거부할 수도 없었다.

귀찮다는 듯 느릿느릿 사람들이 휴게실로 모이고 어색한 축하 노래가 불린 뒤 현정이 주뼛대며 촛불을 껐다. 팀장은 일만 원짜리 전통시장 상품권 세 장을 현정에게 생일 선물로 주었다. 회식 같은 내부 행사에 사용하기 위해 팀 운영비로 사놓은 상품권이었는데, 굳이 안 줘도 되는 선물에 공용비용을 쓰는 것을 못마땅해하는 사람도 있다는 걸 현정은 알고 있었다. 사무실의 생일 축하에서 모두에게 진심 어린 다정함을 기대하기는 불가능한 법이었다.

케이크는 인원에 비하면 턱없이 작았다. 지난달 팀장 생일 때 케이크 크기를 떠올린 현정은 사람들 몰래 쓴웃음을 지었다. 케이크는 결국 누구도 손대지 않은 상태 그대로 다시 상자에 들어갔고, 사람들은 선심 쓰듯 현정씨가 생일이니 케이크 챙겨가, 라고 했다. 현정은 감사하다고 말하고 케이크 상자를 냉장고에 넣었다.

퇴근 시간이 가까워졌을 때 모바일 메신저를 통해 기혁에게서 프랜차이즈 카페의 케이크와 커피 교환권이 왔다. 함께 온 카드에는 귀여운 캐릭터 그림과 함께 생일을 축하한다는 문장이 적혀있었다. 예상치 못한 선물에 살짝 놀라기는 했지만 기분은 좋았다. 어떻게 알았지? 아, 메신저에 뜨는구나! 기특하네. 현정은 기혁에게 답장을 보냈다.

—뭘 이런 걸 다
—고마워요. 다음에 오면 커피 살게요
메시지 옆의 숫자 1은 금세 사라졌고 곧바로 답장이 왔다

―커피 말고 밥 사요

―술도 사면 더 좋고

현정도 지체하지 않고 답장을 보냈다.

―바라는 게 너무 많은데요

 티 내지 않으려 했지만 기혁에게 답장을 보내는 현정의 얼굴에는 어쩔 수 없이 미소가 가득 번져있었다.

 작년 5월, 속초시청 도시계획과에 발령받은 후 현정이 처음 맡게 된 업무는 동명동 주택 재개발 사업의 인허가 업무였다. 신입이었기에 담당 주임은 따로 있었고 현정은 보조 역할이었다. 업무를 맡고 나서 며칠 후 서울에서부터 기혁이 방문했다. 기혁은 사업 시행사가 고용한 도시계획 업체의 담당자였다. 이때가 현정과 기혁의 첫 만남이었다.

 희고 매끄러운 피부에 보기 좋게 선 콧날, 외꺼풀의 크고 서글서글한 눈매와 길고 짙은 속눈썹. 기혁은 분명 잘생긴 외모였고, 단정하고 세련된 옷차림까지 더해져 꽤 매력적으로 보였다. 다만 키가 조금 작은 편이었는데 그런 그를 보며 일부 직원들은 역시 신은 모든 걸 주지 않는다고 수군거리기도 했다. 함께 협의를 진행하는 동안 현정은 자신도 모르게 기혁을 곁눈질하곤 했다.

 이날 이후 현정과 기혁은 수시로 업무에 필요한 메일

과 전화를 주고받았고, 한 달에 한 번꼴로 협의를 위해 기혁이 속초에 방문했다. 둘 사이의 딱딱하고 서먹하던 분위기는 몇 번 만나면서 금세 부드러워지고 편해졌는데 그건 기혁의 역할이 컸다. 그는 밝고 활기찬 성격에 말솜씨도 좋아 조금 어렵고 불편할 수도 있는 업무 얘기를 유머러스하게 잘 풀어나가곤 했다.

둘의 사이가 지금처럼 가까워진 건 작년 여름밤의 술자리 이후부터였다. 어느 금요일, 담당 팀장과 주임, 현정, 그리고 기혁까지 네 명은 함께 재개발 사업 현장을 둘러보았다. 답사를 마치고 카페에서 차가운 음료로 땀을 식히며 이런저런 이야기를 나누던 중 함께 밥이라도 먹자는 얘기가 나왔고, 팀장이 추천한 동명항 근처의 횟집으로 자리를 옮긴 그들은 함께 술을 마셨다. 기혁은 특유의 넉살과 말솜씨로 분위기를 한껏 유쾌하게 이끌었고, 분위기에 휩쓸려 생각보다 많이 취한 팀장과 주임이 차례로 택시를 타고 떠나며 마무리되는 분위기였다. 현정도 기혁에게 인사를 하려는데 기혁이 물었다.

"혹시 괜찮으면 맥주 한 잔 더 하시겠어요?"

현정은 술을 즐기는 편도 아니었고 업무 관계인 사람과 단둘이 술을 마시는 게 그다지 바람직하다고 생각하지는 않았다. 하지만 기혁의 제안을 듣고 가슴이 두근거린 것도 사실이었다. 기혁은 분명 함께 있으면 재미있고 매력적인 사람이었다.

"서울로 가는 버스가 이제 몇 대 안 남았을 텐데요."

휴대전화의 시간을 확인하는 현정에게 기혁은 대수롭지 않다는 듯 말했다.

"버스 끊기면 내일 올라가면 되죠. 어차피 토요일인데요."

당황스러운 표정을 짓는 현정에게 기혁은 서둘러 손을 내저으며 농담이라고 했다. 사실 오늘은 숙소를 잡았고, 일요일까지 머물면서 천천히 속초를 둘러볼 계획이라고 했다.

"그동안 여러 번 왔는데 정작 관광은 못 해서요."

숙소를 잡았다는 기혁의 말에 순간적으로 경계심이 들었지만 현정은 결국 기혁의 제안을 받아들였다. 사실, 피부를 간지럽히는 여름밤의 짙푸른 바닷바람과 그 바람이 머금은 알 수 없는 설렘을 현정은 거부할 수 없었다.

근처 주점으로 자리를 옮긴 두 사람의 대화는 평소보다 한결 더 가벼워졌다. 나이도 비슷하니 둘만 있을 때는 호칭도 주임과 대리가 아닌 씨로 부르자고 했다. 시간이 흐르고 맥주잔을 기울이는 속도가 점점 빨라지면서 분위기는 더욱 편안해졌고 어느 순간부터 개인적인 얘기까지 꺼내게 되었다. 현정은 자신이 원래 하고 싶었던 건 건축설계여서 주변의 반대를 무릅쓰고 건축학과에 진학했지만 재능이 없다는 것을 깨닫고 도시계획으로 진로를 바꿔 대학원에 진학했으며, 그것도 잘되지 않아 결국 이렇게 공무원이 되어 10년 만에 속초로 돌아오게 되었다고 기혁에게 이야기했다. 물론 그 과정 중 대학원에서 지도 교수와 박사과정 선배에게 자신의 논문을 빼앗겼던 일이나, 함께 공무원 시험을 준비하던 남자에게 버림받았던 일 같은 건 이야기하지 않았다.

"와, 현정씨 대단하네요. 그동안 도전의 연속이었잖아요. 정말 멋지다."

현정은 기혁의 반응이 낯설었다. 지금까지 자신이 겪어온 과정을 도전이라고 생각했던 적은 단 한 번도 없었다. 처음은 그랬을지도 모르지만 결국은 계속 도망치기만 했을 뿐이었다. 현정은 고개를 갸웃했다.

"10년 전 속초를 떠날 때만 해도 다시는 이곳에 돌아오지 않을 줄 알았어요. 그런데, 결국은 이렇게 됐네요."

기혁은 현정을 물끄러미 바라보다가 어깨를 가볍게 으쓱했다.

"이곳이 끝도 아닌데요 뭐."

둘은 천천히 맥주를 마셨다. 현정은 점점 취기가 올라

오는 것 같아 그만 마셔야겠다고 생각했다. 잠시 흐른 정적을 깨고 기혁은 자신이 이 분야에서 일한 지 5년이 넘었지만 여전히 어렵고, 게다가 재미도 없다고 했다. 자신이 하고 싶은 일은 이게 아니라고 하면서.

"기혁씨가 하고 싶은 일은 뭔데요?"

기혁은 기본 안주로 나온 땅콩을 작게 한 움큼 집어 껍질을 벗겨낸 뒤 입에 던져 넣었다. 그러고는 양손을 비비며 길게 숨을 뱉어냈다.

"요즘 전 지방 소도시에 만들어지는 특이한 공간들에 관심이 많아요. 옛 건물들을 활용해 만든 카페나 상점, 숙소, 문화 공간, 양조장, 뭐 그런 흥미로운 공간들. 인구도 점점 줄어들고 활력도 사라져 어쩌면 곧 소멸할지도 모를 작은 도시에 새로운 에너지를 불어 넣는 공간들 말이에요."

기혁은 하고 싶은 일을 이야기하는 것에 신이 난 듯 계속 말을 이었다. 사실 틈틈이 그러한 공간을 만들기 위한 사업 구상을 하고 있고, 언젠가 머지않아 자신이 하고 싶은 아이템과 지역이 구체적으로 결정되던 곧바로 실행하는 것이 목표라고 했다.

"속초도 그러한 지역의 후보 중 한 곳이죠. 아, 그렇다고 속초가 사라질 도시라는 말은 아니고요."

이번에 숙소를 잡은 것도 천천히 속초를 살펴보기 위해서였다던 기혁이 별안간 즐거운 생각이 떠오른 듯 해맑은 표정으로 현정을 바라보며 말했다.

"그러고 보니 현정씨 속초 토박이잖아요. 잘됐네. 저 가이드 좀 해주세요."

현정은 서울에서 지낸 10년을 제외하면 나머지 시간은 모두 속초에서만 지냈다. 하지만 과연 자신이 이곳을 잘 안다고 할 수 있을지 확신할 수 없었다. 어릴 적 이곳은 현정에게 그저 작고, 볼품없고, 지루하기만 했다. 고향에 대한 애정은 전혀 없다시피 했고 어떻게든 벗어나고 싶다는 생각만 했다. 그랬기에 어쩌면 기혁보다 이곳에 대해 더 무지할지도 몰랐다.

이곳을 잘 모른다고 생각하니 현정은 부끄러웠다. 아니, 모르는 것보다 어렸을 적부터 이곳을 벗어나고 싶다고 생각했던 것이 부끄러웠다. 아니, 다른 무엇보다도 마침내 이곳을 떠났지만 결국엔 다시 돌아왔다는 사실이 현정은 가장 부끄러웠다.

"싫어요."

현정의 대답은 장난스럽긴 했지만 단호했기에 기혁은 순간 움찔했다. 현정은 그냥 소리 없이 웃어 보였고, 기혁도 어쩔 수 없다는 듯 웃었다.

이후로 꽤 오랜 시간 동안 기혁은 자신이 하고 싶은 일을 이야기해 주었고, 현정은 열의에 찬 기혁의 표정을 보며 그가 진심이라는 걸 알 수 있었다. 문득 꿈을 이루기 위해 속초를 떠나 서울로 향하던 10년 전 자신의 표정이 기혁과 같았을지 궁금했다. 현정은 하고 싶은 일을 구체적으로 이야기할 수 있는 그가 멋지다고 생각했고, 지금은 하고 싶은 게 무엇인지조차 모르는 자신을 생각하니 조금 울적해지기도 했다.

분위기가 막바지에 이르렀을 때 기혁이 취기 어린 목소리로 내일은 바다를 보러 갈 예정이라고 했다.

"예전부터 자주 그런 생각을 했거든요. 나는 바다 위에 떠 있다고. 서울에서 태어나 서울에서만 자란 애가 어쩌다 그런 생각을 했는지는 모르겠지만, 어쨌든 그렇게 생각하면 난 작은 돛단배를 타고 나침반도 없이 망망대해에 떠 있게 돼요. 그렇게 떠다니다가 어디에 닿을지는 나도 몰라요. 어쩌면 어딘가에 평생 닿지 못할지도 모르죠."

기혁은 맥주잔을 들어 현정을 향해 내밀었다. 현정은 건배는 했지만 술은 마시지 않았다. 기혁은 얼마 남지 않았던 맥주를 다 마신 후 약간 상기된 표정으로 현정을 바라보았다.

"그런데, 그게 멋진 것 같지 않아요? 어디에 닿을지 알 수 없다는 거."

 주점에서 나온 현정은 선선해진 밤공기에 놀랐다. 덕분에 어지러웠던 정신도 한결 또렷해졌다. 달뜬 표정으로 내내 유쾌하던 기혁은 바깥으로 나오자 약간 멍한 표정으로 가만히 서 있기만 했다. 산들거리는 바람을 타고 어색한 공기가 둘 사이에 천천히 스며들었다. 현정은 이제 집에 가보겠다고 했고 기혁은 현정의 말에 정신을 차린 듯 과장된 표정으로 그래야죠, 라고 했다. 둘은 각자 부른 택시를 타고 집과 숙소로 향했다. 집으로 가는 택시 안에서 현정은 기혁을 떠올렸다. 그의 표정과 목소리, 그리고 바다 위에 떠 있는 그가 닿을 곳에 대해 생각했다.

 이후 현정과 기혁은 종종 개인적인 연락을 주고받았다. 기혁은 사업 아이템으로 알아본 내용과 사례들을 현정에게 공유해주기도 했는데, 청초호에 조선소를 카페로 만든 곳이 있다는 것도, 시청에서 멀지 않은 위치에 구옥을 리모델링하여 서점과 북스테이로 만든 곳이 있다는 것도 현정은 기혁 때문에 알게 되었다. 자신은 전혀 관심을 가지지 않았던 고향의 새로운 공간들을 서울 사람을 통해 알게 된다는 게 현정은 신기하기도 했고 우습기도 했다.
 시간이 흐르며 현정은 동명동 주택 재개발 업무를 단

독으로 맡게 되었고, 기혁은 회사에서 속초 프로젝트를 담당하면서도 계속해서 자신만의 재밌는 공간을 꿈꾸었다. 기혁이 속초에서 업무 일정을 마치면 둘은 다른 사람들이 눈치 못 채도록 조심스럽게 만나 커피를 마셨고, 때로는 식사를 했다. 그러면서 현정은 자연스럽게 기혁을 좋아하는 마음을 품게 되었다. 기혁을 생각하면 공중에 떠오른 듯 설레기도 했지만, 동시에 불안하기도 했다. 그는 자기 곁에 머무를 수 없는 사람이라고, 자신의 목적지를 찾아 언젠가는 떠날 사람이라고 생각했다. 공므원 시험 준비를 하면서 이미 그런 이별을 겪어 보았기에 현정은 그를 향한 감정을 애써 무시하려 했다. 기혁과 가깝게 지내긴 했지만 일정한 마음의 거리는 유지하려 노력했다.

*

퇴근하고 밖으로 나오니 1월의 밤공기가 생각보다 더 차가워 현정은 느슨하게 둘렀던 목도리를 단단하게 매만졌다. 그러고는 휴대전화를 꺼내 선아와 시은이 있는 채팅방에 이제 퇴근했다고, 바로 출발하겠다고 메시지를 적었다. 곧바로 사랑스러운 이모티콘과 함께 어서 오라는 시은의 답장이 채팅방 화면에 떴다. 오늘은 현정의 생일을 축하기 위해 셋이 모이기로 한 날이었다. 선아가 특별히 직접 칵테일을 만들어주겠다고 했는데, 항상 커피나 차만 마셨지 함께 술을 마시는 건 오늘이 처음이었다.

시청에서 시은의 카페까지는 걸어서 40분 이상 걸렸지만 현정은 늘 그랬듯 오늘도 걸어가기로 했다. 가는 길에 설악대교를 건너며 바라보는 청초호의 야경은 매일 봐도 아름다웠고, 신기했으며, 낯설었다. 10년 전만 해도 청초호 주변은 특별할 게 없었다. 하지만 지금은 고층 아파트와 호텔들이 비죽비죽 솟아 어둠 속에서 화려하게 반짝였다. 청초호 주변뿐만 아니라 동네 곳곳에 들어선 아파트를 볼 때마다 현정은 자신이 속초를 떠나 있던 시간 동안 많은 것이 변했다는 걸 깨달았다. 동네의 풍경이, 그곳에서 사는 사람들의 삶이, 그리고 무엇보다 자신의 모습이 변했다고 생각했다. 변화의 방향이 좋은지 나쁜지는 판단할 수 없었지만, 현정은 그 모든 변화가 썩 마음에 들지는 않았다.

한참을 걷다가 사무실 냉장고에 넣어 놓은 케이크를 갖고 오지 않았다는 걸 깨달았지만, 현정에게 돌아갈 마음 따윈 없었다. 애초에 먹고 싶은 마음도 없었기에 만약 누군가가 허락 없이 먹는다 해도 전혀 상관없었다.

현정이 고향으로 돌아왔을 때 친구 대부분은 취업과 결혼 등을 이유로 속초를 떠난 상태였고, 유일하게 남아있던 친구가 선아였다. 선아는 서핑의 매력에 빠져 다니던 직장까지 그만두고 양양의 서핑숍에서 스태프로 일을 했다. 그러다 작년에 다시 돌아와 지금은 속초해변에 직접 서핑숍을 열겠다며 준비 중이었다. 어릴 때는 조용하고 얌전해서 현정과도 그렇게 적극적으로 어울리지 않았는데, 지금은 누구보다 활달하고 적극적인 성격으로 변해 있었다. 공허한 마음으로 돌아온 현정에게 선아의 그러한 에너지는 큰 힘이 되었다. 어쩌면 선아가 있었기에 현정은 방황하며 겉돌지 않고 다시 속초의 환경과 일상에 스며들 수 있었다.

시은은 선아가 자주 가는 카페의 주인이었다. 속초 출신은 아니었고 서울에서 왔다는 것 외엔 알려진 게 없었다. 어느 날 홀연히 나타나 속초해변에 카페를 열었는데 동네 주민들은 아무런 정보가 없는 그녀를 사업에 실패한 도망자, 때론 남자에게 버림받은 비련의 여자 등 자신들만의 삼류 드라마 속 주인공으로 만들곤 했다. 선아 덕분에 현정도 시은과 가까워지게 되었는데, 현정과 선아 그 누구도 시은의 과거나 배경을 궁금해하지 않았다. 그런 걸 몰라도 그녀와 가까워지는 데는 아무 문제 없었다.

사실 시은을 처음 만났을 때부터 현정은 그녀에게 묘하게 끌렸는데, 그건 시은의 독특한 분위기 때문이었다. 차분해 보이는 하얀 얼굴과 미소를 지으면 가늘고 긴 선을 그리는 쌍꺼풀 없는 눈, 거기에 조용조용한 목소리와 몸짓이 더해져 만들어진 분위기에는 말로 정확히 표현할 수 없는 매력이 있었다. 그 분위기는 특별히 무엇을 하지 않아도 상대방에게 편안함과 안정감을 느끼게 해주었다. 현정은 매번 시은을 바라볼 때마다 그런 시은의 분위기가 너무나 신기하기만 했다.

서로 분위기가 정반대인 둘과 함께 하는 시간은 현정에게 가장 즐겁고 편안한 순간이었다. 재미없고 지루한 업무에 지쳐도 선아와 시은만 만나면 건전지를 새로 갈아 끼운 인형처럼 다시 힘을 내 웃고 움직일 수 있었다.

"소주 마셔야 하는 거 아녜요?"

현정과 선아가 각각 사 온 닭강정과 오징어순대를 보고 시은이 농담을 했다. 평소 닭강정은 관광객들이나 사 먹는 거라고 여기며 눈길도 주지 않던 현정이었지만 오늘은 이상하게도 생각이 났다. 마침 선물로 받은 전통시장 상품권도 있어 오는 길에 시장에 들러 사 왔다.

"소주도 좋기는 한데, 그래도 기왕 가져왔으니 오늘은

이걸로 해요."

선아가 가방에서 커다란 유리병 세 개를 꺼냈다. 데킬라와 오렌지 주스, 그리고 현정은 들어본 적도 없는 그레나딘 시럽이었다. 서핑숍에서 일할 때 배웠다며 선아는 능숙한 손놀림으로 세 가지 재료를 섞더니 노란빛과 주홍빛이 부드럽게 어우러진 칵테일 석 잔을 순식간에 만들었다. 현정과 시은은 아름다운 빛깔에 감탄을 연발했다.

"들어는 보셨나? 이게 바로 데킬라 선라이즈. 자, 이제 술도 준비됐으니 파티를 시작해 볼까?"

"잠깐만. 나도 준비한 게 있어요."

시은이 냉장고에서 꺼내온 작은 상자에는 귀엽고 앙증맞은 케이크가 들어있었다. 현정도 몇 번 가본 적 있는 유명 디저트 카페의 케이크였다. 일부러 그곳까지 가 진열대 앞에서 고심하며 케이크를 골랐을 시은의 모습을 떠올리니 현정은 케이크에서 다정함이 느껴지는 듯했다. 시은은 상자 위에 케이크를 올리고 종이봉투에서 작은 초 하나를 꺼내 케이크에 꽂았다.

"왜 하나만 꽂아요? 얘 나이가 몇인데?"

선아의 장난스러운 말에 시은은 성냥의 머리를 그으며 미소 띤 얼굴로 대답했다.

"숫자가 뭐가 중요해요. 축하하는 마음으로 초를 켠다

는 게 중요하지."

가느다란 연기가 피어오르며 성냥에 불이 붙었고, 시은은 조심스럽게 초 가까이 성냥을 가져가 심지에 불을 붙였다. 작은 스탠드 조명을 제외하고 모든 조명을 내린 카페에 촛불이 발하는 작지만 따스한 빛이 부드럽게 퍼졌다. 선아가 축하 노래를 불렀고 현정은 가볍게 바람을 불어 촛불을 껐다.

"케이크는 현정씨가 가져가요. 내가 주는 선물."

시은은 초를 뽑고 케이크를 다시 상자에 넣으려 했다. 현정이 그런 시은을 막았다.

"아니요. 같이 먹어요. 전 그게 더 좋아요."

칵테일과 케이크에서 현정은 자신을 진심으로 축하해 주는 살갑고도 따뜻한 마음을 느꼈다. 그건 사무실의 생일 축하에서는 받지 못한 느낌이었다. 오랜만에 느끼는 다정함 가득한 마음을 다른 곳이 아닌 이곳에서, 여기 함께 있는 사람들과 느끼고 싶었다. 그래야 그 다정함은 더 유효할 것 같았다. 현정이 잔을 들자 시은과 선아도 각자의 잔을 들었다. 살며시 부딪힌 잔 안에는 떠오르는 태양이 빚어내는 아름다운 빛이 일렁였다.

음악이 흐르지 않는 카페는 고요했다. 셋이 나누는 대

화 소리 외에는 난방기기가 자동으로 꺼졌다 켜지며 나는 소리와 이따금 희미하게 들려오는 동네 고양이들의 울음소리만이 전부였다.

"계속 찾고 있는데, 마음에 드는 곳이 아직까진 없어."

칵테일과 음식을 천천히 즐기며 이런저런 이야기를 나누던 중 대화는 선아의 서핑숍 준비 과정이 화제가 되었다. 선아는 적당한 공간을 찾는 게 쉽지 않다며, 이러다 시즌 시작하기 전에 오픈 못 하게 생겼다며 푸념했다. 시은은 곧 찾게 될 테니 너무 걱정하지 말라그 선아를 안심시켰다.

"그런데, 이미 양양과 강릉이 서핑의 성지인데 과연 사람들이 속초까지 많이 올까?"

현정의 걱정에 선아는 아무렇지도 않은 목소리로 그런 건 신경 안 쓴다고 했다. 자신이 좋아하니까, 하고 싶으니까 하는 거라고 했다. 현정은 그런 선아가 조금 무모한 것처럼 보이기도 했다.

"너도 그랬잖아."

선아의 말에 현정은 무슨 소리냐는 표정을 지었다.

"너 대학교 지원할 때 말이야. 네 성적이면 충분히 취업도 더 잘 되고 남들 다 부러워할 만한 곳에 갈 수 있었는데도 건축학과 지원했잖아. 담임도 그렇고 모두가 반대하는데도 이게 꼭 하고 싶은 거라고, 예전부터 꿈꾸었던 거라고 하면서. 그때 말은 안 했지만, 너 정말 멋있었다. 적어도 나에겐."

선아는 숨겨왔던 마음을 고백하듯 계속해서 말했다.

"그때 나도 결심했어. 너를 나의 롤모델 삼아서 앞으로 정말 하고 싶은 게 있으면 과감하게 도전해 보자고."

선아의 말에 현정은 얼굴이 달아올라 화끈거리는 걸 느꼈다. 선아가 자신을 그렇게 생각했다는 것도 몰랐지만, 자신의 선택이 누군가에게 그렇게 중요한 의미가 되리라고는 생각해본 적 없었다. 오히려 현정은 당시의 선택을 지금까지도 후회했다. 만약 그때 주변의 말대로 안정적인 선택을 했다면 자신의 모습은 지금과 많이 달랐을 거라고, 그 선택으로 인해 겪었던 좌절과 아픔은 없었을 거라고 생각하면서.

"아냐. 그렇게 대단한 건 아니었어. 철이 없었던 건지도 모르고. 돌이켜보면, 최선의 선택은 아니었던 것 같아."

현정과 선아의 대화를 가만히 듣고 있던 시은이 조심스럽게 입을 열었다.

"분명 누구보다 치열하게 고민했을 테고, 그러니 그건 그때 현정씨가 할 수 있는 최선의 선택 아니었을까? 결과로 판단할 수는 없어요."

선아는 어느새 비어버린 잔을 가져가 칵테일을 한 잔씩 더 만들기 시작했다. 현정은 분주히 움직이는 선아의 손을 물끄러미 응시하며 대답했다.

"그때 난 내 앞에 있는 하나의 문만 봤어요. 다른 문은 쳐다보지도 않고. 확신이 넘쳤다고도 할 수 있겠지만, 분명 신중하지 못했어요. 어쨌든 주저 없이 그 문을 열고 앞으로 발을 디뎠는데, 결국 도달한 곳은 지금이에요."

"지금이, 마음에 들지 않아요?"

시은의 질문에 현정은 바로 대답할 수 없었다. 각자 앞에 놓인 새로 만든 칵테일은 처음보다 시럽이 많이 들어갔는지 주홍빛이 더 진했다. 현정은 칵테일을 우두커니 바라보았다.

"마음에 안 든다기보다는, 아쉬워서 그렇죠. 다른 문을 선택했으면 어땠을까 하는 미련이 남아서. 하지만 이제 그게 무슨 소용이겠어요."

괜히 우울해질 것 같아 현정은 억지로 웃으려 했지만 마음대로 되지 않았다. 선아는 사는 게 다 그렇지 뭐, 라고 혼잣말처럼 중얼거렸는데 선아와 눈빛이 마주치자 현정은 그제야 피식 웃었다.

"난 현정씨가 주저 없이 발을 내디뎠다는 게 참 멋진 것 같아요. 왜냐하면 그럴 수 있는 사람은 생각보다 많지 않거든."

칵테일을 한 모금 마시고 잔을 내려놓으며 시은이 친근한 목소리로 말했다.

"아마 앞으로도 현정씨 앞에는 계속해서 문이 나타날 거고, 그 문을 통과해야만 어디든 갈 수 있을 거예요. 그러니까 내 생각에 중요한 건 문을 열고 발을 내디디는 그 행위 자체인 것 같아요. 그 끝이 어딘 지가 아니라."

선아는 자신도 그렇게 생각한다는 듯 천천히 고개를 끄덕였다.

"난 그때마다 널 응원할게. 넌 내 롤모델이니까."

현정은 선아와 시은을 만난 것이 정말 다행이라고 다시 한번 더 느꼈다. 이들이라면 어떠한 상황에서라도 의지할 수 있을 것만 같았다. 그러고 보면 지금 이 관계는 자신이 속초로 돌아왔기에 맺어진 것이었다. 아쉬움만 가득했던, 어쩌면 인생의 실패라고 생각했던 귀향이 결국엔 이렇게 소중한 선물을 자신에게 주었다는 것에 현정은 감사함을 느꼈고, 그러면서 조금은 울적했던 기분도 한결 보드라워질 수 있었다.

10시가 넘어 현정과 선아는 자리를 정리하고 시은의 카페에서 나와 버스정류장으로 향했다. 코끝을 에어 낼 것 같은 차가운 바람에 둘은 몸을 잔뜩 웅크리고 서로 팔짱을 낀 채 걸었다. 정류장에 도착할 즈음 현정이 선아에게 물었다.

"서핑이 그렇게 재밌어?"

고개도 돌리지 않고 종종걸음으로 걸으며 그건 왜 묻냐고 하는 선아에게 현정은 네가 그렇게 재미있다고 하니 한 번 해볼까 생각 중이라고 무심한 목소리로 답했다. 그제야 고개를 돌려 현정을 바라본 선아는 그렇게 같이해보자고 해도 싫다던 애가 갑자기 웬일이냐며 놀랐다. 사실 현정은 아까 시은의 말을 들은 뒤부터 자신에겐 움직임이 필요하다고 생각했다. 속초에 돌아온 뒤 그저 가만히 고여 있는 삶을 사는 자신에게 문 같은 건 나타나지 않을 것 같았다. 그래서 거창하진 않더라도 다양하고 소소한 경험들로 삶을 조금씩 그리고 천천히 채워나가 보자고 생각했고, 서핑은 그러한 경험 중 하나가 될 수 있을 것 같았다.

"당연히 재밌지. 날 믿어보라니까."

선아는 팔짱 낀 팔로 현정의 옆구리를 쿡 찌르고는 서핑은 겨울에도 장비만 착용하면 충분히 즐길 수 있지만 넌 처음이니까 무리하지 말고 날씨가 풀리면 시작하자고 했다. 정류장에 도착할 때까지 선아는 신난 목소리로 서핑 예찬을 멈추지 않았다.

선아가 먼저 버스를 타고 떠난 뒤 현정은 정류장 의자에 앉아 무심코 하늘을 올려 보았다. 길 건너편 아파트 위로 선명하게 빛나는 커다란 보름달이 떠 있었다. 보름달을 가만히 바라보며 현정은 기혁을 떠올렸다. 스스로를 바다 한가운데에 떠 있는 것 같다고 말했던 그는 서핑을 배워보자는 결심을 분명 반겨줄 것 같았다.

기혁의 목소리를 듣고 싶었지만 쉽사리 통화 버튼을 누를 수 없었다. 망설임의 이유가 단지 시간이 늦어서만은 아닌 걸 현정도 알고 있었다. 버스에 올라타 자리에 앉은 현정은 퇴근 전에 기혁과 주고받았던 메시지를 반복해서 읽었다. 현정은 짧게 한숨을 뱉은 뒤 목도리를 한껏 올려 얼굴을 반쯤 가리고 창밖으로 시선을 돌렸다.

*

올겨울 속초에는 눈이 자주 내렸다. 눈이 내릴 때마다 시청 공무원들은 일기예보를 확인하며 신경을 곤두세웠다. 지난달 내린 기록적인 폭설에 제대로 대처하지 못하면서 시민 불만이 폭주했고, 이를 지역 신문이 집중적으로 비판해 한바탕 홍역을 치렀기 때문이었다. 눈을 좋아하는 현정은 적어도 시청에선 티를 낼 수 없었다.

현정은 지난주부터 건축물이나 도시의 풍경을 펜으로 그리는 어반스케치 강좌를 수강하기 시작했다. 수강 모집 광고를 우연히 보게 된 후 건축가를 꿈꾸며 스케치를 연습하던 어릴 적 기억이 떠올라 충동적으로 신청한 것이었다. 어쩌면 이것도 자신을 움직이게 하는 작은 경험이 될지도 모른다고 생각하면서.

건축 설계에 재능이 없다는 건 진작 깨달았지만, 건물을 똑같이 따라 그리는 건 지금까지도 자신 있었다. 그래서 다른 수강생들에 비해 진도도 더 빠르게 나갔다. 처음엔 유명 건축물을 그리다가 곧 직접 찍은 속초의 풍경을 그리기 시작했다. 특히 오래된 골목과 건물들이 만들어내는 도시의 풍경을 그리는 걸 좋아했는데, 기혁에게 메시지로 그림을 보여주었을 때 그는 굉장히 마음에 들어 했다.

—내가 생각하던 곳이 딱 이런 동네였어요!

현정과 기혁이 마지막으로 만난 건 지난 11월이었다. 아무래도 연말연시에는 이래저래 업무처리가 더디어 기혁이 속초에 방문할 일이 없었다. 그래서 주로 메시지를 주고받았는데, 그림이 마음에 든다는 기혁의 답장에 현정은 더 자주 그리고 더 정성스럽게 그림을 그려 기혁에게 보내주었다. 그러면 기혁은 그림 속 건물 여기에는 정원이 있는 카페를, 저기에는 다락이 있는 숙소로 만들면 좋을 것 같다고 하며 현정의 그림에 자신의 꿈을 덧입혔다. 현정은 그 공간들을 실제로 스케치해 보며 기혁과 함께 만들어 가는 상상을 하곤 했다.

2월에 접어들면서 기온이 전보다 오르긴 했지만 차가운 바람은 여전했다. 이래서야 서핑은 힘들겠다고 하자 선아는 월말쯤 되면 기온이 몰라보게 올라갈 테니 기다려보라고 했다. 선아는 가게 계약 때문에 정신이 없었다. 드디어 마음에 드는 공간을 발견했는데 서핑숍을 한다고 하니 주인이 마뜩잖게 여긴다는 거였다.

"젊은 애들이 몰려와서 시끄럽게 술 먹고 노는 곳 아니냐잖아. 서핑숍이 무슨 술집인 줄 안다니까."

공간을 구하는 것부터 이렇게 골치 썩는 선아를 지켜보며 현정은 자기 일을 시작한다는 게 절대 쉽지 않다는 걸 느꼈다.

그렇게 2월을 보내고 있던 어느 날 기혁이 왔다. 시청 다른 부서와 협의가 있다던 기혁은 이곳저곳을 바쁘게 돌아다니더니 오후 늦게야 현정의 사무실에 찾아왔다. 물론 사무실에선 업무적으로 만나는 자리라 내색하지는 못했지만 현정은 오랜만에 보는 기혁의 말간 얼굴이 반가웠다.

―터미널 근처 카페에서 기다릴게요

기혁이 떠난 후 곧바로 그에게서 메시지가 왔다. 퇴근까지 남은 시간은 겨우 한 시간이었지만 평소보다 몇 배는 길게 느껴졌다. 마침내 퇴근한 현정은 조금이라도 빨리 가고 싶은 마음에 택시를 탔고 10분도 걸리지 않아 기혁이 기다리고 있는 카페 앞에 도착했다.

지난여름 이후부터 이 카페는 현정과 기혁의 만남 장소였다. 시청에서 적당히 멀기도 했고 터미널 바로 근처라 기혁이 이동하기에도 편했다. 그리고 무엇보다 항상 한적해서 조용히 얘기를 나누기도 좋았는데 오늘은 평소보다 사람이 많았다. 혹시라도 아는 사람이 있을까 싶어 조심스럽게 카페에 들어선 현정은 항상 앉는 자리에서 자신을 향해 손을 흔드는 기혁을 발견했다.

"날아왔어요?"

시간을 확인하며 기혁이 장난스럽게 말했다. 현정은 괜히 부끄러워서 택시를 탔다고는 말하지 않았다. 기혁은 오늘은 조금 빨리 돌아가야 해서 미안하지만 함께 식사는 못 할 것 같다고 했다.

"몇 시 버스예요?"

"일곱 시 반이요."

함께 할 수 있는 시간이 한 시간 정도밖에 안 돼 아쉬웠지만 어쩔 수 없었다. 현정은 기혁의 앞에 놓여있는 커피잔을 가리켰다.

"저번에 생일 선물도 그렇고, 내가 사려고 했는데."

기혁은 나중에 밥과 술을 얻어먹을 거니 괜찮다고 했다. 현정은 계산대로 가 자신의 커피와 함께 브라우니 두 조각을 주문했다.

"밥과 술은 모르겠고, 우선 이거라도 먹어요."

기혁은 뭔가 아쉬운 표정을 지었지만 현정은 싱긋 웃기만 했다.

서로 얼굴을 마주하고 목소리를 통해 나누는 각자의 소소한 일상은 그동안 메시지로 주고받았던 내용과 크게 다르지 않았지만 처음 듣는 것처럼 새로웠다. 입안에서 부드럽게 녹는 브라우니는 어느 때보다 달콤했다. 현정은 흘러가는 시간이 아쉽기만 했다.

한참을 주고받던 대화가 어느 순간 잠시 끊겼다. 현정은 커피를 한 모금 마셨고, 기혁은 쥐고 있던 포크를 접시 위에 내려놓고 작게 기지개를 켰다. 손바닥을 마주 비비고 헛기침을 하는 기혁을 보며 현정은 그가 뭔가 할 말이 있다는 걸 눈치챘다.

"무슨 일 있어요?"

기혁은 잠시 뜸을 들이다 느리게 심호흡을 한 뒤 방금까지와는 다르게 마치 비밀이라도 말하듯 조심스러운 목소리로 말했다.

"현정씨, 사실 나 곧 퇴사해요. 이번 달까지만 일하기로 했어요."

전혀 예상 못 했던 기혁의 대답에 현정은 놀라지도 못했다.

"갑자기 왜요?"

겨우 정신을 차린 뒤 나온 말은 이게 전부였다.

"지난 연말부터 내가 점점 타성에 익숙해지고 있다는 걸 느꼈어요. 이러다가는 그냥 계속 이렇게 살겠구나 싶더라고요. 그래서 조금이라도 빨리 결정해야겠다고 결심했어요."

담담하게 말하는 기혁을 바라보며 현정은 무슨 말을 해줘야 할지 혼란스러웠다.

"축하, 해줘야 하는 거죠?"

"글쎄요. 축하는 모르겠고, 그냥 행운이나 빌어줘요."

하지만 현정의 머릿속엔 어떤 적당한 말도 떠오르지 않았다. 업무가 아니면 만날 일이 없는 둘의 관계에서 기혁의 퇴사는 이별을 의미했다. 물론 언젠간 끝난다는 걸 생각 안 한 것도 아니었고, 그래서 기혁에게 마음을 주지 않으려 부단히 노력도 했다. 그런데 그 순간이 이렇게 예고도 없이 다가올 줄은 몰랐다. 현정은 가슴 한구석에 갑작스럽게 커다란 공백이 생긴 것을 느꼈다.

멍하니 있는 현정에게 기혁이 괜찮냐고, 자신의 퇴사가 그렇게 충격적이냐고 웃으며 말했다. 그러고는 후임으로 올 사람은 자신보다 훨씬 유능할 테니 업무는 문제없을 거라고 말했다. 겨우 일 얘기나 하는 기혁에게 화를 내는 것도 이상해서 현정은 그냥 어색하게 웃기만 했다.

"그럼 이제 앞으로 어떻게 하려고요?"

현정은 가까스로 마음을 가라앉히고 기혁에게 물었다. 기혁은 포크를 들어 접시 위에 흩어져 있던 브라우니의 부스러기를 천천히 하나로 모았다.

"저 속초에 오려고요."

눈이 동그래져서 그게 무슨 소리냐고 되묻는 자신의 목소리가 미세하게 떨린 걸 현정은 깨닫지 못했다. 기혁은 그동안 속초 업무를 담당하며 면밀히 알아보았는데, 이곳에서 자신의 계획을 충분히 실현할 수 있겠다는 확신이 들었다고 했다. 게다가 시청의 담당 공무원들과 어느 정도 안면을 익힌 것도 분명 큰 이점이라고 했다.

"그리고 무엇보다도, 여기엔 현정씨가 있으니까요."

현정은 아무 말도 하지 못하고 기혁을 빤히 쳐다보기만 했다. 기혁은 헛기침을 몇 번 하더니 이거 조금 부끄럽네, 라고 혼잣말했다. 그러고는 이내 현정의 눈을 똑바로 바라보았다.

"난 이제 아무런 연고도 없는 이곳에서 결과를 알 수 없는 모험을 시작해야 해요. 물론 최선을 다할 거지만 성공을 장담할 수는 없어요. 아마도 긴 시간을 외롭게 고군분투해야겠죠. 분명 쉽지 않을 거예요."

현정은 반짝이는 기혁의 눈에서 시선을 뗄 수 없었다.

"하지만 현정씨가 곁에 있어 준다면, 전 그 시간을 어떻게든 견뎌낼 수 있을 것 같아요."

현정은 심장 소리가 귀에 들리는 것 같았다. 커피를 마시고 싶었지만 손이 떨려 테이블 위로 두 손을 올리지도 못했다. 기혁의 말은 너무나 갑작스러웠다. 하지만 두렵거나 기분이 나쁘지는 않았다. 오히려 듣고 싶었던 말이었는지도 몰랐다. 어쩌면 오래전부터.

"맞아요. 전혀 낭만적이지 않아서 미안하지만, 이건 고백이에요. 현정씨만 괜찮다면 정식으로 현정씨와 사귀고 싶어요. 그리고 현정씨와 함께 꿈을 이루그 싶어요."

갑자기 주변이 웅성거리기 시작해 돌아봤더니 창밖에 눈송이가 날리고 있었다. 예보에 없던 눈이었다. 어둠 속에서 천천히 흩날리는 눈발을 보며 현정은 지금 자신이 비현실의 세계에 있는 건 아닌지 잠시 의심했다. 창밖을 말없이 바라보는 현정을 기혁도 역시 말없이 바라보았다.

"기혁씨, 저에게 생각할 시간을 줄래요?"

기혁은 고개를 끄덕였다. 그 시간이 길어진다고 해도 기다리겠다고 말했다. 현정은 옅은 미소를 지으며 고맙다고 했다.

터미널에서 헤어지기 전에 현정은 기혁에게 만약 자신이 고백을 받아주지 않으면 속초에 오지 않을 거냐고 물었다. 기혁은 잠시 생각하더니 그렇지는 않을 거라고, 다만 현정씨와 함께하지 못한다면 속초에서의 시간이 아마도 더 힘들어질 거라고 답했다. 현정은 고개를 끄덕였고 둘은 인사를 하고 헤어졌다.

눈이 계속 내렸지만 땅에 닿자마자 녹아 쌓이지는 않았다. 하늘을 향해 고개를 들자 얼굴에 눈송이들이 사뿐하게 내려앉았다. 볼과 이마에서 느껴지는 차가운 감촉은 지금이 현실이라는 것을 알려주었다. 현정은 손바닥으로 얼굴을 닦고 목도리를 고쳐 맨 뒤 집을 향해 천천히 걸음을 옮겼다.

*

다음 날, 현정은 몸이 안 좋다는 핑계로 오후 반차를 썼다. 차분하게 생각을 정리할 시간이 필요했고, 그래서 시청에서 나온 현정은 곧바로 시은의 카페로 향했다.

평일 낮의 카페는 한산했다. 이 시간에 온 건 처음 아니냐고 놀라는 시은에게 현정은 웃으며 이렇게 와 보는 게 소원이었다고 말했다.

"소원이 너무 소박하다."

"실은 하고 싶은 이야기가 있어서 왔어요."

시은은 그럴 것 같았다고 하며 자리에 앉아 잠시만 기다려 달라고 했다. 따듯한 홍차를 주문한 후 자리에 앉은 현정은 테이블 위에 놓인 액자 속 사진에 시선이 갔다. 사진 속 밝게 빛나는 보름달을 보니 현정은 지난달 자신의 생일에 본 보름달이 생각났고, 그날 밤 기혁을 그리워했던 자기 모습도 떠올랐다.

잠시 후 쟁반에 찻잔 두 개를 담아 온 시은이 현정 앞에는 홍차를, 자신 앞에는 커피를 놓고 자리에 앉았다. 그러고는 깍지 낀 두 손을 무릎 위에 올리고 등받이에 몸을 기댄 채 이야기를 기다렸다. 현정은 잠시 숨을 고른 뒤 어젯밤 기혁과의 일을 시은에게 들려주었다. 기혁의 존재는 시은도 이미 알고 있었지만 둘 사이의 미묘한 감정은 오늘 처음 알게 된 거였다.

"어떻게 해야 할지 잘 모르겠어요."

말없이 귀를 기울이고 있는 시은에게 현정이 말했다.

그제야 시은은 천천히 자세를 고쳐 앉았다.

"내가 볼 땐 현정씨도 이미 마음이 기운 것 같은데, 혹시 고민하는 이유가 있어요?"

현정은 잠시 머뭇거리다 찻잔을 들어 홍차를 한 모금 마신 후 천천히 테이블 위에 내려놓았다. 티백을 건지지 않아 색이 짙어진 찻잔 속 홍차에 카페의 조명이 별처럼 반짝였다. 시은은 커피를 마시며 할 말을 고르고 있는 현정을 기다려주었다.

"공무원 시험을 준비할 때 만나던 사람이 있었어요. 힘든 시기를 서로 의지하고 버티면서 지내다 보니 저도 모르게 많이 좋아했어요. 그와 함께하는 미래를 꿈꾸기도 했으니까. 하지만 계속 실패를 반복한 그는 끝내 시험을 포기하고 고향으로 훌쩍 내려가 버렸어요. 저를 버리고. 그때 처음 알게 되었어요. 이별이란 게 그렇게 간단한 거라는 걸. 너무나 쉬워서 그땐 아무런 기분도 들지 않았죠. 그런데……"

현정은 잠시 말을 멈추었다. 목소리는 차분했지만 찻잔을 어루만지는 손의 움직임에는 미세한 긴장감이 묻어 있었다. 시은은 그 손을 물끄러미 바라보았다.

"그런데 시간이 조금 지나니까 너무나 참담한 거예요. 그 사람에게 내가 그저 잠깐, 가볍게 머물다 가는 존재였을 뿐이라는 생각이 들어서요. 그 이후로 누군가를 만나려 할 때마다 나도 모르게 주저하게 되더라고요. 또다시 그렇게 버려질까 봐 두려워서."

현정은 전에 기혁이 했던 말을 떠올렸다. 자신은 바다 위에 떠 있고 어디에 닿을지 모른다고 했던 말. 어쩌면 기혁에겐 속초가, 그리고 자신이 그렇게 기약 없이 떠다니다가 우연히 닿게 된 곳일지도 몰랐다. 만약 그렇다면 언제든지 다시 떠나는 것도 어렵지 않을 것만 같았다.

"하지만, 시작하지도 않았는데 끝을 알 수는 없어요."

시은이 말했다. 현정도 알고 있었다. 어떤 결과가 다가올지는 자신도 알지 못한다는 걸. 아무것도 하지 않으면 결국 아무 일도 일어나지 않는다는 걸. 중요한 건, 만약 감당할 수 없는 끝을 마주했을 때 무너지지 않고 버텨낼 수 있는 단단한 마음이라는 걸. 단지 그 마음이 자신에게 있는지 스스로 확신하지 못할 뿐이었다.

생각에 잠겨있는 현정에게 시은이 조심스럽게 말했다.

"난 현정씨에게 어떠한 선택을 하라고 말할 수 없어요. 그래서도 안 되고. 내가 할 수 있는 건, 그저 현정씨의 선택을 믿고 응원해 주는 것뿐이야."

시은은 오른손을 뻗어 찻잔을 쥐고 있는 현정의 손 위에 살포시 얹었다. 따스하고 부드러운 온기가 현정은 싫지 않았다.

"무엇을 선택하든 그건 분명 현정씨가 할 수 있는 최선의 선택일 거야. 그러니 선택의 결과를 너무 두려워하지 말아요."

시은은 뻗었던 손을 다시 거두며 부끄러운 듯 웃었다.

"내가 너무 하나 마나 한 소리를 한 건가요?"

현정은 시은을 바라보았다. 그녀의 가느다란 눈웃음을 보자 심란했던 마음은 편해졌고, 그런 그녀의 미소가 여전히 신기하다고 생각했다. 현정도 따라 웃으며 아니라고, 언니 덕분에 생각이 한결 정리되었다고, 고맙다고 말했다.

시간이 흘러 이제 가보겠다는 현정을 시은이 버스정류장까지 바래다주겠다고 했다. 카페를 비워도 괜찮냐고 물으니 이 시간에 손님 없는 거 보지 않았냐며 괜찮다고 했다.

이따금 부는 바람이 제법 차가웠지만 한겨울의 매서움은 아니었다. 겨울은 느리지만 분명히 느낄 수 있는 속도로 물러나고 있었다. 버스정류장까지 가는 동안 시은은 현정에게 자신의 친구 이야기를 해주었다. 그녀는 성실하고 능력도 우수해 대학을 졸업하면 안정된 미래가 펼쳐질 게 확실했지만 우연히 알게 된 한 남자에게 지독히 빠지더니 결국 모든 걸 버리고 그와 함께하는 길을 선택했다고. 그러다 결국 남자와 헤어진 그녀의 삶은 여전과 같을 수는 없었다고. 한동안 힘들었지만 결국 그녀는 자신의 선택을 후회하지 않았고, 이후에도 그 선택으로 자신에게 주어진 삶을 온전하게 받아들였다고.

"왜냐하면 자신이 진심으로 원해서 한 선택이었다는 걸 깨달았으니까요. 그녀에겐 그 선택이 바로 주저하지 않고 내디딘 발걸음이었던 거죠."

현정은 문득 이야기 속 그녀가 혹시 시은 본인 아니냐고 묻고 싶었지만 그러지 않았다. 그런 건 아무래도 상관없었다. 중요한 건 이야기를 통해 시은이 전달하고 싶었던 의미였고, 현정은 그 의미를 충분히 알 수 있었다.

"역시 언니에게 오길 잘한 것 같아요."

"내가 뭘 했다고. 나중에 어떻게 됐는지만 알려줘요."

버스정류장에서 시은과 헤어지며 현정은 꼭 그러겠다고 약속했다.

2월 말이 되자 날씨는 거짓말처럼 포근해졌다. 선아는 그것 보라고 으스대며 이제 슬슬 서핑을 해보자고 했고, 현정은 조금만 더 따뜻해지면 하자고 했다. 서두르고 싶지는 않았다. 서핑을 배우는 것도, 기혁을 향한 마음을 결정하는 것도 분명 적당한 때가 온다고 생각했다.

며칠 뒤, 드디어 계약에 성공한 선아는 가게를 보여주겠다며 현정을 불렀다. 구름 한 점 없는 파란 하늘에 햇볕이 따듯한 토요일 오전이었다. 목에 두른 목도리가 조금 덥게 느껴질 정도였다. 알려준 주소로 찾아가니 선아는 동료들과 함께 정신없이 청소 중이어서 현정이 가게 앞에 온 것도 알아채지 못했다. 현정은 선아에게 자신이 왔다는 걸 알리지 않고 천천히 건물을 둘러보았다. 오래되어 낡고 허름한 건물이었지만 이제 곧 애정 어린 손길을 거쳐 서핑을 사랑하는 사람들의 열정과 에너지가 가득한 멋진 공간으로 바뀔 곳이었다. 현정은 휴대전화를 꺼내 건물의 사진을 찍었다. 현재의 모습과 새롭게 바뀐 모습을 그림으로 그려서 선아에게 선물해야겠다고 마음먹었다.

가만히 서서 건물을 바라보던 현정은 기혁을 떠올렸다. 자신의 그림을 보며 기혁과 나누었던 이야기들이 생각났다. 만들고 싶은 공간의 방향을 정하고, 그 공간을 채우고, 때로는 비워냈던 이야기들. 그 이야기들을 나누며 기혁과 자신 사이에 오고 갔던 설렘과 흥분, 미묘한 긴장의 순간들.

그러자 현정은 지금 당장 기혁이 보고 싶어졌다. 스스로 놀랄 정도로 몹시 보고 싶었다. 직접 만나서 말해주고 싶었다. 기혁씨의 꿈을 응원하고 싶다고. 자신도 곁에서 그 꿈을 함께 하고 싶다고.

현정은 지금이 바로 그때라고 확신했다. 자신 앞에 새롭게 나타난 문을 열고 주저 없이 발걸음을 내디뎌야 할 때. 비록 그 끝은 알 수 없지만 두려워하지 말고 나아가야만 했다.

이제야 현정을 발견한 선아가 반갑게 뛰어나와 부르지 그랬냐며 현정의 어깨를 감쌌다. 현정은 두르고 있던 목도리를 풀었다. 바깥으로 드러난 목으로 기분 좋은 서늘함이 느껴졌다. 현정의 표정엔 반짝이는 햇살보다 더 밝은 생기가 넘쳤다.

"선아야, 나 서울 다녀올게."

뜬금없는 현정의 말에 선아는 순간적으로 어리둥절했다. 하지만 현정의 표정을 보고는 이내 활짝 웃으며 잘 다녀오라고, 자세한 얘기는 나중에 해달라고 했다.

"내 롤모델, 내가 항상 너 응원하는 거 알지?"

현정은 선아의 따스한 눈빛을 보며 고맙다고 말하고 몸을 돌려 터미널로 향했다. 자신도 모르게 걸음은 조금씩 빨라졌고, 현정은 두근거리기 시작한 심장 박동을 느끼며 망설임 없이 앞으로 나아갔다.

그해 겨울 눈 덮인 해변에서

하얀 눈에 파묻힌 시내를 통과해 속초 해수욕장에 도착했을 때 하윤은 태어나서 처음으로 눈 덮인 해변을 마주했다. 길게 펼쳐진 하얀 설원의 저 너머로 짙은 푸른빛의 파도가 넘실거렸다. 그 풍경은 생경하면서도 신비로웠고, 왠지 모르게 편안함으로 다가왔다. 마치 눈 덮인 해변과 파도가 밀려오는 바다가 이 세상의 모든 비애와 모순을 포근하게 감싸며 모든 게 다 괜찮다고 다독여 주는 것 같은 위로의 풍경이었다.

그해 겨울 눈 덮인 해변에서

하윤과 소연의 속초 여행은 원래 계획되어 있던 건 아니었다. 회사에서 하윤에게 배정한 속초 업무는 나비의 날갯짓이 의도치 않게 태풍을 일으키듯 전혀 예상치 못했던 여행으로 이끌었다.

하윤이 근무하는 회사는 속초시 동명동의 재개발 프로젝트를 진행하고 있었는데, 기존 담당 직원이 갑작스럽게 퇴사하게 되자 회사는 하윤을 새로운 담당자로 결정했다. 속초에 별다른 연고가 있던 것도 아니었고 지방 업무라곤 경기도 지역 정도만 경험해 본 하윤으로선 강원도 프로젝트를 맡긴 회사의 결정이 당황스러웠다. 무엇보다 대규모 재개발 업무는 자신이 적임도 아니어서 잘할 수 있을지도 걱정이었고, 올가을 결혼을 앞두고 이제 본격적으로 준비를 시작해야 하는 시기에 강원도까지 번번이 장거리 출장을 다녀야 하는 게 적잖이 부담스러운 것도 사실이었다. 하지만 어쩔 수 없었다. 어차피 회사의 결정은 바뀌지 않을 것이니 받아들이는 수밖에.

그렇게 마음을 다잡았는데 하윤은 어딘가 모르게 기분이 찜찜했다. 사실 속초 업무에 관한 이야기를 처음 들었을 때부터 어렴풋이 느껴지던 알 수 없는 감정이 계속 마음에 걸렸다. 속초와 관련해 자신이 분명 무언가 놓치고 있는 것 같았는데 그게 무엇인지 좀처럼 알 수 없었다.

그러던 어느 순간 하윤은 자신의 마음속 기억의 연못에서 오랜 시간 동안 깊이 가라앉아 있던 기억 하나가 서서히 떠오르는 것을 느꼈다. 마침내 수면 위로 완전히 모습을 드러낸, 마치 말랑말랑한 덩어리 같은 기억의 표면에는 시간의 퇴적물이 군데군데 덮여있었다. 하윤은 갑자기 모습을 드러낸 기억의 덩어리를 조심스럽게 살펴보았다.

열다섯 살 적 속초로 갔던 가족 여행과 폭설이 내렸던 밤, 그곳에서 마주한 눈 덮인 겨울의 해변, 그리고 누나의 모습. 눈앞에 아른거리는 풍경에 하윤은 자신도 모르게 눈을 감았다. 그건 그동안 잊고 있던, 어쩌면 일부러 외면했던 과거의 기억이었다. 심연의 어둠 속에서 조용히 잠들어

있던 오래된 기억은 많은 시간이 흘렀음에도 전혀 퇴색되지 않고 선명했다.

하윤은 그제야 자신이 느꼈던 알 수 없던 감정이 무엇이었는지 깨달았다. 잊고 있던 기억이 불러일으키는 감정들. 그건 미안함이었고, 두려움이었으며, 애틋함이자, 그리움이었다. 하윤은 여태껏 그 감정들을 응시하고 받아들일 용기가 없어 그저 연못 깊은 곳에 가라앉힌 채 모른 척했다. 그런데 예상치 못했던 속초 업무가 자신의 기억과 그 기억이 불러일으키는 감정들을 떠오르지 한 것이었다.

하윤은 이제 업무를 위해 속초에 방문할 때마다 자신이 그 기억과 감정에 무기력하게 휘둘릴 것 같아 걱정됐다. 감당할 수 없는 슬픔과 그리움에 사르잡힐까 두려웠다. 그렇게 되는 건 원치 않았다. 그렇다고 기억을 외면한 채 다시 가라앉힐 수는 없었다. 한 번 떠오른 기억은 마치 부표처럼 그 자리에 영원히 떠 있으면서 자신의 존재를 알릴 것만 같았다. 그렇다면 다른 방법은 없었다. 그 기억을 제대로 바라보고 건져 올려 품에 안는 수밖에.

본격적으로 업무가 시작되기 전 속초에 다녀오자고 결심한 건 그래서였다. 특별히 그곳에서 무엇을 해야겠다고 생각한 건 아니었다. 단지 기억이 잉태된 장소에 가면 그 기억이 환기하는 감정들을 조금 더 오롯이 받아들이고 안

아줄 수 있을 것 같다는 생각이 들었을 뿐이었다.

그렇게 속초 여행이 결정됐고, 처음엔 혼자서 다녀오려 했다. 하지만 이내 소연과 함께 다녀오자고 마음을 바꾸었다. 이제 곧 반려자가 될 소연이었기에 자신의 가장 내밀하고도 아픈 기억을 공유하는 건 분명 그녀에게도, 그리고 자신에게도 도움이 될 것 같다고 하윤은 생각했다.

"우리 속초 여행 한번 다녀올까? 길게는 아니고 1박 정도."

단골 카페의 창가 자리에 앉아 유리 너머 익숙한 골목 풍경을 바라보며 커피를 마시던 어느 토요일 오후, 하윤은 소연에게 조심스럽게 속초 여행을 제안했다. 여행의 진짜 이유는 말하지 않았다. 그건 당장 설명하기도 쉽지 않았고, 설명한다 해도 왠지 소연이 부담스러워할 것 같았다. 우선은 가는 게 먼저고 이유를 설명하는 건 나중이었다.

소연은 갑작스러운 제안에 놀란 듯 동그란 눈으로 하윤을 쳐다보며 조금 의아해했다. 어차피 앞으로 일 때문에 자주 가게 될 텐데 굳이 미리 가 볼 필요가 있냐는 거였다. 이상하다는 듯 자신을 바라보는 소연의 눈빛이 지레 부담스러워 하윤은 카페 안쪽으로 시선을 돌렸다. 시선이 닿은 곳에는 바다 위에 떠 있는 커다란 보름달 사진이 걸려있었다. 사진에서 느껴지는 신비로운 분위기가 마음에 들어 카페에 오면 종종 멍하니 바라보던 사진이었다. 하윤은 사진 속 보름달을 가만히 바라보다 소연에게 말했다.

"요새 너 학교 때문에 힘들잖아. 바람도 쐬고 그러면 잠깐이나마 기분이 괜찮아지지 않을까? 나는 겸사겸사 현장도 미리 볼 수도 있고."

초등학교 교사인 소연은 올해부터 담임 선생님을 맡게 되었다. 몇 년 전 임용 초기에 한 번 담임을 맡았고, 이후로는 계속 교과 수업만 담당하다가 오랜만에 다시 맡게 된 거였다. 교과와 담임은 업무 강도의 차이가 상당하다 보니 소연은 다시 담임을 맡는 것에 걱정이 많았고 그래서 예민해질 수밖에 없었다. 새 학기를 앞두고 매번 어느 정도 긴장하긴 했지만, 이번에는 이전 어느 때보다 심했다.

옆에서 지켜보던 하윤은 그런 소연을 어떻게든 응원해 주고 싶었고 힘이 돼주고 싶었다. 비록 속초 여행 계획이 개인적인 이유에서 시작되긴 했지만 지금의 소연에게도 분명 도움이 될 것 같았다. 일상을 떠나 바다도 보고 맛있는 음식도 먹으면 비록 잠깐뿐일지라도 긴장이 풀리지 않을까 싶었다.

소연은 하윤의 말에 잠시 시간을 두고 고민했다. 쉽게 결정을 내리지 못했다. 소연은 고민이 있거나 골똘히 생각할 때 무의식적으로 아랫입술을 잘근거리는 버릇이 있었는데, 지금도 천천히 아랫입술을 잘근거렸다. 하윤은 저러다 입술에서 피가 나는 건 아닐까 걱정하며 잠자코 대답을 기다렸다.

"좋아, 그러자. 가만히 있는 것보다야 분명 낫겠지."

하윤은 제안이 거절당하지 않은 것에 마음이 놓였지만 내색은 하지 않았다. 사실, 소연이 제안을 거절했어도 혼자 다녀올 생각이긴 했다. 하윤은 커피잔에서 손을 떼고 두 손을 맞잡으며 그럼 결정, 이라고 말했다. 소연이 하윤의 말을 확정하듯 작은 주먹으로 테이블을 두 번 두드리자 테이블 위의 커피잔이 달그락거렸다.

여행 일정은 돌아오는 화요일에서 수요일까지 1박 2일로 잡았다. 너무 급하게 가는 게 아닌가 싶기도 했지만 소연의 개학이 얼마 남지 않았기에 여유가 많지는 않았다. 하윤은 회사에 지금 당장 특별히 바쁜 일은 없으니 갑작스럽긴 해도 휴가 사용에 문제는 없을 거라고 예상했다. 숙소는 하윤이 알아보기로 했고, 교통편은 하윤의 차를 이용하기로 했다.

"그러면 우리 겨울 바다를 보러 가는 거야?"

막상 여행을 간다고 하니 설레는 듯 살짝 들뜬 목소리로 소연이 물었다. 하윤은 천천히 고개를 끄덕였다. 그래,

우리는 겨울 바다를 보러 가는 거야. 내가 열다섯 살 때 보았던 그 겨울 바다를. 하윤은 마음속으로 조용히 답했다. 그러자 가슴이 두근거리기 시작하는 게 느껴졌다.

"그러고 보니까 속초는 여태 한 번도 가 보질 못했어. 오빠는 가 봤어?"

"한 번 가봤는데, 아주 오래전이야."

하윤도 속초는 그때 이후 처음 가는 거였다. 일부러 그랬던 건 아니었다. 어쩌면 자신도 모르게 무의식적으로 피한 건지도 몰랐다. 그곳에 가면 어쩔 수 없이 떠올랐을 그 기억과 감정을 마주하기 두려워서. 하지만 이제는 마주하는 걸 넘어 품에 안고 익숙해져야만 했다. 분명 쉽지는 않은 일이었다. 하지만 그동안 많은 시간이 흘렀기에 예전보다 무뎌진 마음으로 무던하게 받아들일 수 있을 것 같다는 생각이 들기도 했다.

하윤은 화요일부터 휴가를 쓰고 오전 일찍 속초로 출발하려 했지만 계획대로 되지 못했다. 화요일 오전에 갑자기 중요한 회의가 잡히는 바람에 어쩔 수 없이 출근해 회의를 마치고 정오가 넘어서야 회사에서 나올 수 있었다.

며칠간 계속되던 흐린 하늘은 화요일이 되자 거짓말처럼 바뀌어 구름 한 점 없는 파란 하늘이 펼쳐졌다. 공기는 차가웠지만 차창으로 쏟아지는 햇살은 더없이 투명하고 따스했다.

약속 장소에서 소연과 만나 속초로 출발했다. 평일 낮이었지만 시내 도로에는 차량이 꽤 많았다. 고속도로까지 가는 길이 초행이었기에 하윤은 내비게이션의 안내에 집중해야 했고, 그래서 신경이 조금 예민해졌다. 고속도로에 진입해서야 편안한 마음으로 운전을 할 수 있었다. 시내 도로와 달리 고속도로는 한산했고 하윤은 일정 속도를 유지하며 여유롭게 운전했다.

"속초에는 언제 갔던 거야?"

하윤이 여유를 찾은 것처럼 보이자 그제야 소연은 궁금했던 질문을 했다. 소연의 질문에 하윤은 자신이 속초에 간다는 사실을 새삼 실감했다. 하윤은 조금 크게 틀어놓았던 라디오의 볼륨을 줄였다.

"열다섯 살 때."

"와, 오래전이네. 그 나이 때 혼자 가지는 않았을 거고. 가족 여행? 아니면 친구들과?"

"가족 여행으로 갔어."

"좋았겠다. 우리 가족은 여름휴가를 제대로 가 본 적이 없어. 아빠는 회사 일이 항상 바빴거든. 그래서 어릴 때는 여름방학 기간에 가족들과 이곳저곳 여행 다녀온 친구들이 그렇게 부러웠어."

소연은 어렸을 적 가족과 함께 여행을 자주 다니지 못한 게 지금까지 아쉽다고 덧붙였다. 하윤은 곰곰이 옛 기억을 떠올려보았다. 생각해 보면 다 함께 갔던 여행이 그렇게 자주는 아니었다. 다섯 식구가 철마다 마음 편하게 여행을 다닐 정도로 경제적으로 여유가 있던 것 같지도 않았고, 가족 간의 사이가 안 좋은 건 아니었지만 그렇다고 그렇게 살갑고 화목하지도 않았다. 분명 서로 간에는 형태와 깊이가 다른 감정의 골이 여럿 있었지만 다들 그늘진 그곳을 애써 모르는 척하며 겉으로 보기에 단란한 가족을 유지하려 했던 것 같았다.

하윤이 한동안 아무 말도 없이 옛 생각에 빠져있는 동안 소연은 혼자만 얘기하는 게 재미없었는지 어느새 시선을 창밖으로 돌린 채 지나가는 풍경을 바라보았다. 볼륨을 줄인 라디오의 음악 소리는 자동차의 요란한 풍절음과 엔진음에 묻혀 거의 들리지 않았다. 눈앞에서 끝도 없이 이어지는 겨울 산의 능선은 차의 속도와는 다르게 느긋하게 흘러가는 것처럼 보였다.

"여름휴가로 간 거 아냐. 겨울에 갔었어."

나직한 목소리로 하윤이 말했다. 그와 동시에 당시의 기억들이 순서와 상관없이 뒤죽박죽 떠올랐다. 하윤은 길게 숨을 한 번 내쉬고 말을 이었다.

"군대에 갔던 형이 휴가를 나왔거든. 아빠가 그때 맞춰 다 함께 여행을 가자고 했고, 마침맞게 속초에 있는 공무원 연수원 숙소를 사용할 수 있어서 속초로 간 거였어. 길게도 안 갔어. 겨우 1박 2일."

짧은 여행이었다. 하지만 하윤에게 그 여행 동안 보낸 시간은 어느 때보다 길게 느껴졌다.

"열다섯 살이었으면, 중학교 2학년인가?"

소연은 여덟 살부터 손가락을 하나씩 접어가며 숫자를 세기 시작했다. 2학년을 앞둔 겨울방학이었다고 소연이 숫자를 미처 다 세기 전에 하윤이 말했다. 하윤은 당시 자기 모습이 또렷하게 기억났다. 어리숙하고 바보 같았지만 그렇지 않은 척하던, 자신밖에 모르던 이기적인 열다섯 살 사춘기 소년의 모습. 하윤은 괜히 쓸쓸한 기분이 들어 머리카락을 뒤로 쓸어 넘겼다.

"그때 오빠는 어땠어? 왠지 지금과 크게 다르지 않았을 것 같은데."

하윤은 지금까지 누구에게도 열다섯 살 적 이야기를 해본 적이 없었다. 물어본 사람도 없었지만 누군가 물어보았다 해도 그때 모습을 다른 사람에게 있는 그대로 말해주기엔 무척이나 부끄러웠다. 그래도 소연에겐 할 수 있을 것 같았고, 그래야만 할 것 같았다. 분명 이번 여행에서 소연과 함께 마주해야 할 기억은 열다섯 살 자신에 관한 기억으로부터, 그리고 가족에 관한 기억으르부터 시작되어야 했다.

다만 어디서부터 어떻게 이야기해 줘야 할지는 정리가 필요했다. 하윤은 오른손으로 턱을 천천히 어루만지며 생각에 잠겼다. 면도한 지 몇 시간 안 됐지만 턱은 그새 짧게 올라온 수염으로 까슬까슬했다. 파란 하늘 아래에서 매끄럽게 달리던 차량이 어두운 터널에 진입했고 순간적인 밝기 변화에 하윤의 시야는 잠시 흔들렸다가 이내 터널의 조명에 적응했다. 일정한 간격으로 흘러가는 조명의 흐름 속에서 하윤의 눈앞에 당시 자기 모습이 보였다. 부모님과 형의 모습도 보였다. 그리고 누나의 모습도 보였다.

"그때 난 그냥, 이상하고 못된 아이였어. 그 나이 때 남자애들이 보통 다 그렇잖아."

자동차는 끝이 보이지 않는 긴 터널을 미끄러지듯 달렸고, 하윤은 소연과 함께 자신의 열다섯 살 시절로 흘러 들어갔다.

*

"너 사춘기구나?"

하윤은 해가 바뀌며 부쩍 자주 듣기 시작한 이 말이 마음에 들지 않았다. 물론 열다섯 살이 되면서 키가 부쩍 자랐고, 목소리는 조금 이상해졌으며, 겨드랑이와 사타구니에는 거뭇한 털이 나기 시작했지만 자신의 성격은 크게 변한 게 없다고 생각했다. 그저 전보다 말수가 조금 줄면서 혼자 있는 시간이 더 좋아졌고, 예전엔 없었던 비밀스러운 고민이 생겼을 뿐이었다. 사춘기라고 유난스럽게 구는 또래 친구들에 비해서는 얌전한 편이라고 생각했다. 그래서 걸핏하면 자신에게 사춘기라고 하는 가족들의 말이 괜히 그러는 거라고 여겨 듣기 싫었다.

하지만 가족들이 보기엔 하윤은 영락없는 사춘기 소년이었다. 갑자기 키만 껑충 커서 이전의 작고 통통했던 모습과 비교하면 징그럽게 보이는 건 차치하더라도, 여드름 가득 난 얼굴로 세상 모든 게 마음에 들지 않는다는 듯 뚱한 표정만 짓고 있는 모습은 누가 봐도 그랬다. 심지어 쇳소리 섞인 목소리로 마치 자신이 청개구리라도 된 마냥 이것저것 다 싫다고 하는 건 사춘기가 아니라면 도저히 이해할 수 없는 행동이었다. 엄마가 식탁에 수저 좀 놓으라고 해도 "싫어, 귀찮아." 저녁에 씻고 자라고 해도 "싫어, 그냥 잘래." 누나가 방 청소 좀 하라고 해도 "싫어, 내 방 깨끗해." 하윤은 자신에게 무언가 시키는 건 무조건 다 싫다고 했다. 심지어 엄마나 누나가 하윤의 이름만 불러도 하윤은 소리를 빽 질렀다. "아, 싫어!"

특별한 이유가 있어서 그러는 건 아니었다. 단지 모든 걸 알아서 할 수 있다고 생각했고, 누군가 자신에게 뭔가를 시키는 건 자신의 자율성을 무시하고 침해하는 거라 여겼다. 그런데 그게 바로 사춘기 소년의 사고방식 그 자체였다. 하지만 하윤은 끝까지 인정하지 않았다.

"오빠가 만약 내 동생이었으면 농담 아니고 정말 두들겨 팼을 거야."

창틀에 팔꿈치를 올리고 중지로 관자놀이를 가볍게 누르며 소연이 말했다. 하윤은 작게 소리 내어 웃었다. 지금 생각해 보면 자신도 이해할 수 없는 못난 모습이었다.

"그땐 그렇게 모든 게 싫었어?"

자신을 향해 고개를 돌리며 묻는 소연에게 하윤은 글쎄, 라고 하며 기억을 되새겨 보았다. 그랬던 것 같지는 않았다. 모든 걸 싫어할 정도로 꽉 막히고 대책 없는 아이는 아니었다. 분명 열정적으로 좋아했던 것도 있었다. 자신의 모든 걸 사로잡은 빛나는 무언가가.

"설마. 나도 좋아하는 게 있었지."

또래 친구들이 컴퓨터 게임이나 아이돌 가수, 또는 이성 교제 등에 정신이 팔려있을 때 하윤은 그런 것엔 전혀 관심이 없었다. 그때 하윤은 오로지 책과 연극, 그리고 영화에 빠져있었다. 그래서 시간 날 때마다 도서관에서 책을 빌려와 조용히 읽고, 대중성과는 거리가 먼 영화만 골라 보는 것에 집중했다.

책은 희곡과 소설만 읽었다. 소포클레스의 그리스 비극에 마음을 사로잡혔고, 셰익스피어와 체호프도 좋아했다. 책을 읽을 때면 마치 무중력 공간을 유영하는 것처럼 자유롭고 편안한 느낌을 받았다. 마음에 드는 연극이나 영화를 보고 나면 여운에서 헤어 나오지 못하고 한참 동안 상상의 세계 속에서 살았다. 무언가 지시받는 걸 그토록 싫어했지만 만약 누군가 온종일 책을 읽고 영화를 보라고 지시했다면 기쁜 마음으로 따랐을 하윤이었다.

그러다 보니 하윤은 자연스럽게 작가와 영화감독을 동경하게 되었다. 구체적이진 않았지만 장래에 글을 쓰고 영화를 만드는 삶을 조심스럽게 상상해 보기도 했다. 하윤이 그럴수록 부모의 근심은 커져만 갔다. 겨울방학 기간 내내 공부는 등한시한 채 좋아하는 것에만 빠져있는 막내아들이 마뜩할 리 없었다. 고등학교 진학을 생각하면 이제 조금씩 신경 써야 하는 시기인데 아들이 개학 이후에도 계속 저럴까 걱정이었다. 하지만 한창 예민한 시기에 강압적으로 못 하게 하면 혹여나 엇나가진 않을까 조심스러워 우선은 지켜볼 뿐이었다. 하윤은 이러한 부모님의 우려를 알고 있었지만 모른 척 신경 쓰지 않았다.

그러한 하윤을 응원하고 지지해 주는 가족은 누나밖에 없었다. 하윤에게는 나이 차가 많이 나는 형 하준과 누나 하선이 있었다. 둘 다 늦둥이 막내인 하윤을 예뻐했지만, 특히 하선이 하윤을 더 살뜰히 챙겼다. 맞벌이하는 부모 대신 집안일을 챙기고 어린 하윤을 돌보는 건 하준보다는 하선의 몫이기 때문이었다. 그랬기에 하윤도 누나를 더 따랐고 친하게 지냈다.

사실 하윤이 책과 연극, 영화에 빠지게 된 건 하선의 영향이 절대적이었다. 하선도 어렸을 적부터 문학을 즐겨 읽었고 연극과 영화를 무척 좋아했다. 누나의 그런 모습을 곁에서 지켜보던 하윤은 중학생이 되면서 누나의 책장에 꽂혀있는 소설과 희곡에 관심을 보였고 그러면서 자연스럽게 빠져들게 되었다. 하선은 자신과 같은 취향을 공유하게 된 동생에게 기쁜 마음으로 책을 추천해 주기도 하고, 자신의 용돈을 알뜰히 모아 종종 동생과 함께 영화나 연극을 보기도 했다.

책과 연극, 영화와 함께한 하윤의 사춘기 시절은 누나와 함께한 시간이기도 했다. 좋아하는 것을 함께 즐기고 각자의 감상과 감동을 서로 나누던 시간. 겉으로는 아닌 척했지만 사실 낯설고 혼란스러운 사춘기의 어두운 터널을 통과하는 하윤에게 그 시간만큼은 다정하고 따스하고 안온했던 빛이 가득한 시간이었다. 그 빛이 있었기에 하윤은 서툴렀지만 끝내 무사히 사춘기를 통과할 수 있었다.

*

한 시간 반 정도를 이동한 뒤 잠시 쉬면서 허기도 달랠 겸 휴게소에 들렀다. 주차하고 차에서 내리며 하윤은 숨을 깊게 들이마셨다. 강원도는 서울보다 공기의 촉감이 분명 더 청량하게 느껴졌다. 하윤은 크게 기지개를 켜는데 소연은 추운 듯 몸을 한껏 움츠렸다.

"공기가 조금 다른 것 같지 않아?"

하윤이 소연에게 손을 내밀며 물었다. 소연은 그런 것 같다고, 하지만 조금 더 추운 것 같다며 하윤의 손을 잡았다. 소연의 작고 부드러운 손에서 느껴지는 온기가 차가운 공기 속에서 유독 정다웠다.

푸드코트에서 가볍게 배를 채운 뒤 따뜻한 커피와 함

께 햇살이 잘 드는 창가에 앉았다. 창밖으로는 눈이 시릴 정도의 파란 하늘이 펼쳐졌고 그 아래로 끝없이 이어진 산의 능선과 차량으로 가득 찬 주차장, 그리고 각자의 목적지를 향하던 중 잠시 멈춰 선 사람들이 보였다.

"어때, 기분은?"

"여행을 왔다고 생각하니까 기분이 훨씬 좋아졌어."

하윤은 속초에 도착하면 더 좋아질 거야, 라고 말하고 커피를 한 모금 마셨다. 소연은 미소를 지었고 신경 써줘서 고맙다고 했다. 소연의 표정이 편해 보여 하윤은 다행이라고 생각했다.

테이블 위의 테이크아웃 컵에서는 김이 모락모락 피어올랐다. 소연은 공기 중으로 천천히 사라지는 하얀 김을 가만히 응시하며 하윤에게 조심스럽게 말했다.

"그러고 보면 누나가 오빠한테 정말 많은 영향을 줬네."

하윤은 무슨 소리인지 모르겠다는 표정으로 소연을 바라보았다.

"전에 오빠가 그랬잖아. 오빠가 요리도 잘하고, 그림도 잘 그리고, 이래저래 손재주가 좋은 게 다 누나 닮아서라고. 그런데 얘기 들어보니까 오빠가 소설이랑 영화를 좋아하는 것도 누나 덕분이었네."

그제야 하윤은 이해했다는 듯 고개를 끄덕였다. 소연의 말대로 지금 자신의 많은 부분이 절대적으로 누나의 영향을 받은 것이란 걸 하윤은 다시금 깨달았다. 하선은 손재주가 뛰어나 요리도 잘했고, 그림도 잘 그렸으며, 뚝딱거리며 무엇이든 잘 만들어 냈다. 하윤은 어린 시절 누나와 많은 시간을 함께 보내며 그러한 누나의 모습을 신기해하고 곧잘 따라 했다. 그렇게 하선의 모습은 자연스럽게 하윤의 모습이 되었다.

그런데도 당시엔 자신이 누나를 닮아간다는 생각은 전혀 하지 않았다. 아니, 분명 알고 있었지만 누나를 좋아하는 동시에 무시하기도 했던 하윤은 그 사실을 인정하려 하지 않았다. 주변에 무심하고 자신에게만 갇혀있던 사춘기의 하윤은 자기 모습을 스스로 만든다고, 모든 게 본인 의지라고 믿었다. 하지만 그건 모두 어리석은 착각이었다.

"그러게. 정말로 그래."

"누나 없었으면 오빠 어쩔 뻔했어."

장난스러운 말이었는데 하윤은 웃지 못했다. 왠지 모르게 서글픈 기분이 들었다. 자세를 고쳐 앉자 나무 의자가 작게 삐걱거렸다.

"만약 그때 누나가 나와 함께 하지 않았다면 난 아마도 완전히 다른 사람이 되었을 거야. 분명 지금보다 더 재미

없고 형편없었겠지."

하윤의 말에 소연은 아니라고, 그렇지 않았을 거라고 서둘러 말했다. 하지만 하윤은 테이블 위의 한 지점에 시선을 고정한 채 말이 없었다. 소연은 하윤이 조심스럽게 할 말을 고르고 있다는 걸 알 수 있었기에 기다렸다. 잠시 시간이 흐른 뒤 하윤은 차분한 어조로 계속해서 말을 이어갔다.

"그래서 지금도 누나에게 정말 고마워. 난 분명 말도 안 듣고 못된 동생이었는데도 그렇게 잘 챙겨주었으니 말이야. 그런데도 난 누나가 힘들어할 때 아무런 도움도 주지 못했어. 분명 너무나 외롭고 슬펐을 텐데."

하윤의 눈앞에 누나의 마지막 모습들이 떠올랐다. 매일 같이 부모님과 갈등하던 모습, 혼자서 몰래 눈물을 훔쳐내던 모습, 우두커니 앉아 있는 슬픔에 젖은 뒷모습, 그리고 외로워 보이는 미소를 지은 영정 사진 속 얼굴까지. 하윤은 살며시 눈을 감았다가 천천히 떴다. 환한 빛이 가득한 실내가 눈부셨다.

"미안해. 갑자기 이런 얘기를 해서."

하윤의 목소리에는 슬픔과 후회, 그리고 그리움이 묻어있었다. 하윤의 절실한 감정은 소연에게도 분명하게 느껴졌다. 팔짱을 끼고 생각에 잠긴 하윤에게 소연은 조심스럽게 물었다.

"괜찮으면 누나에 대해 말해줄 수 있어? 누나가 겪었던 아픔에 대해."

하윤은 소연의 얼굴을 바라보았다. 외꺼풀 아래 자신을 향하고 있는 까만 눈동자와 지그시 다문 작은 입이 보였다. 보는 이에게 편안함과 함께 신뢰를 주는 표정이었다. 하윤은 소연에게 누나에 관한 이야기를 해주자고 결심했다. 그렇지만 과연 누나를 어떠한 왜곡이나 오해 없이 있는 그대로의 모습으로 떠올릴 수 있을지 자신이 없었다.

하지만 옛 기억을 마주하고 받아들이려면 용기를 내 당시 누나의 모습을 제대로 바라보고 이해해야만 했다. 누나의 아픔을 공감해야만 했고 따듯하게 안아줘야만 했다. 하윤은 지금까지 그러지 못했다는 걸 스스로 잘 알았다. 이제는 달라져야만 했다. 속초에서의, 아니 어쩌면 사춘기 시절의 하윤을 이루고 있는 모든 기억의 시작이자 끝은 누나였다.

막상 이야기를 시작하려고 하니 하윤은 어색하기도 했고 두렵기도 했다. 팔짱을 풀고 커피를 한 모금 마신 뒤 눈을 감았다. 희뿌연 안개 같은 어둠 속에서 얼마 전 떠오른 기억이 보였다. 그 작은 덩어리가 살며시 몸을 떨자 잠잠했던 수면 위로 동심원 모양의 미세한 파동이 퍼졌다. 그

파동은 마치 어떤 기호가 되어 하윤에게 두언가를 말하는 것 같았다. 두려워하지 말라고. 망설이지 말라고. 이제는 그래야만 한다고. 마치 그렇게 말하는 것 같았다.

하윤은 테이블 위에 올려놓은 두 손을 깍지 끼고 길게 숨을 내쉬었다. 그리고 살짝 떨리는 목소리로 소연에게 누나의 이야기를 시작했다.

"누나는 그냥……, 뭐라고 해야 할까……, 가여웠어."

하윤이 열다섯 살이었을 때 하준과 하선은 둘 다 이십대 초반의 대학생이었지만 둘의 상황은 매우 달랐다. 하준은 서울 소재의 유명 4년제 대학교에 다녔고, 하선은 경기도 소재의 2년제 전문대학교에 다녔다. 하준은 1학년을 마친 후 군 복무 중이었고, 하선은 2학년을 앞두고 이제 1년밖에 남지 않은 졸업 후의 진로를 고민해야 했다.

어렸을 적부터 학업성적은 하준이 우수했고 하선은 그에 비해 조금 뒤처졌던 게 사실이었다. 하지만 단순히 학업능력의 차이 때문에 둘의 상황이 달라진 건 아니었다. 경제적으로 여유가 부족한 집의 상황과 더불어 부모의 그릇된 가치관은 결과적으로 하준과 하선의 시작점을 다르게 만들었다.

하준은 모든 것에서 늘 우선이었고 중심이었다. 좋은

음식, 좋은 옷, 좋은 경험은 모두 하준에게 먼저였다. 학업 측면에서도 하준은 학원에 다니고 과외를 받으며 공부에만 집중할 수 있었던 반면, 하선은 맞벌이하는 부모 대신 집안일을 챙기고 어린 동생을 돌보아야만 했다. 하준만큼 공부에 집중할 기회가 주어질 수 없었다. 하선이 전문대학교 입학을 앞두고 4년제 대학교에 가기 위해 재수를 한다고 했을 때 부모는 하준의 등록금만으로도 힘들다는 이유로 빨리 취업해 돈을 벌 수 있는 전문대학교를 종용했다. 하선은 속으로 눈물을 삼키며 어쩔 수 없이 받아들여야만 했다.

하준과 하선 사이의 공공연한 차별은 하준이 첫째였기에, 아들이었기에 당연하게 받아들여졌다. 반대로 하선은 둘째였기에, 그리고 무엇보다 딸이었기에 차별받았고 존중받지 못했으며 자신을 희생해야만 했다. 부모와 하준 그 누구도 하선에게 가해지는 차별과 희생을 제대로 인지하지 못했다. 그럴수록 부모와 오빠를 향한 하선의 애증은 커졌고, 좌절감과 무력감은 자존감을 좀먹었다. 겉으로 드러나진 않았지만 하선의 속내에는 어쩔 수 없이 피해 의식이 가득 일렁였다. 그렇게 하선의 마음은 조금씩 병들어갔다.

그러한 상황에도 불구하고 하선은 하윤을 누구보다 예

뻐하고 잘 챙겼다. 자신의 아픔과는 별개로 동생을 더없이 아꼈다. 하윤도 누나와 함께하는 시간을 좋아했다. 어쩌면 하선은 동생과 함께하는 시간에서나마 작은 평안을 느꼈는지도 몰랐다.

하윤은 당시 누나에게 가해지는 차별과 희생을 막연하게나마 알고 있었다. 그래서 누나를 불쌍히 여겼다. 하지만 그건 깊이가 없는 얄팍한 동정이었다. 누나를 생각하는 마음만큼은 진심이었을지 모르지만 누나가 겪는 아픔의 본질을 이해하기는 어려웠다. 그러기엔 열다섯 살 하윤은 아직 어렸고, 어리석었으며, 결국 그 역시 부족함 없이 귀여움을 독차지하는 막내아들이었다.

그랬기에 하윤은 누나를 향해 연민을 느끼면서도, 그와 동시에 어떠한 답답함도 함께 느꼈다. 자신의 삶을, 자신의 꿈을 위해 조금 더 적극적으로 노력하지 않는 누나를 이해하지 못했다. 노력하지 않는 게 아니라 그럴 수조차 없는 하선의 현실을 하윤은 결코 알지 못했다. 하윤은 누나가 겪는 상황의 무게를 가볍게만 여겼고, 자신의 그러한 생각이 상대방에게 얼마나 폭력적인 것인지 알지 못했다.

"그땐 알지 못했어. 아니, 한참 뒤에 누나가 스스로 목숨을 끊을 때까지도 몰랐어."

하윤은 깍지 꼈던 두 손을 풀었다. 손바닥에는 약간의 땀이 배어 있었다. 하윤은 물끄러미 손바닥을 바라보다가 무릎 위에 천천히 문지른 뒤 다시 테이블 위로 올렸다.

"만약 그때 누나의 고통을 정확하게 이해했다면 난 누나를 위로해 줄 수 있었을까? 솔직히 잘 모르겠어. 어쩌면 알면서도 모른 척, 못 본 척했을지 몰라. 지금도 그러니까. 다른 사람의 아픔에 적극적으로 다가가고 공감해 주는 것에 주저하니까."

소연은 테이블 위로 왼손을 뻗어 하윤의 오른손 위에 포갰다. 하윤의 손은 미세하게 떨렸다. 소연은 아무 말 없이 하윤의 손을 꼭 그러쥐었다. 하윤은 자신의 손을 잡은 소연의 손을 가만히 바라보았다.

"내가 어쩌면 너에게도 그럴지 몰라. 힘들어하는 걸 알면서도 적극적으로 다가가지 못할 수도 있어. 하지만 그건 절대로 일부러 그러는 게 아니야. 이해하기 어려울 수도 있겠지만 내겐 어린 시절 누나의 기억이, 누나에게 진심으로 다가가지 못했던 나의 행동들이 어쩔 수 없이 트라우마가 되었어. 그래서 지금도 누군가의 아픔과 고통에 다가가야 한다는 걸 알면서도 주저하게 돼. 이겨내야 하지만 두렵기도 한 게 사실이야."

하윤은 소연의 손을 힘주어 잡았다.

"하지만 이제는 변해야 한다는 걸 알아. 널 위해서, 그리고 날 위해서라도. 시간이 많이 필요할지도 모르지만, 계속 노력해 볼게."

하윤을 바라보는 소연의 얼굴에 서로 맞잡은 손의 온기만큼이나 따스한 미소가 떠올랐다.

"아니야, 오빠는 지금도 잘하고 있어. 지금처럼만, 딱 지금처럼만 해주면 돼."

잠시 후 하윤과 소연은 자리에서 일어나 바깥으로 나왔다. 공기는 아까보다 조금 더 차가워진 듯했다. 주차된 차를 향해 나란히 걸어가면서 소연이 하윤에게 물었다.

"혹시, 지금도 누나가 그리워?"

차에 도착한 하윤은 잠시 멈춰 서 있다가 우선은 차에 타자고 소연에게 손짓했다. 차에 올라타 시동을 건 뒤 하윤은 정면을 바라보며 무언가를 골똘히 생각했다. 스피커에서 라디오 DJ의 농담 섞인 멘트가 흘러나왔지만 아무도 라디오 소리에 신경 쓰지 않았다. 소연은 하윤의 옆얼굴을 바라보며 대답을 기다렸다. 하윤은 운전대 위에 한쪽 팔을 올리며 말했다.

"누나는 체호프의 희곡을 좋아했는데, 특히 「바냐 아저씨」를 가장 좋아했어."

바로 옆에 주차된 커다란 승합차에 화려한 색상의 등산복을 입은 한 무리의 관광객들이 승차하기 시작했다. 닫힌 창문을 통해서 들려오는 그들의 목소리가 꽤 소란스러웠다. 하윤은 잠깐 옆으로 시선을 돌렸다가 곧 다시 정면을 바라본 채 계속해서 천천히 말을 이었다.

"누나가 그 작품을 나에게도 추천해 줬고 나도 읽자마자 무척 좋아하게 됐어. 물론 당시엔 어려서 주제나 의미를 제대로 이해 못 하긴 했지만. 그래도 그때 우리는 작품에 관해 많은 이야기를 나누었고, 각자 인상 깊은 장면이나 대사를 서로에게 얘기하기도 했어. 소냐의 마지막 대사는 둘 다 좋아했지."

부산스러웠던 옆자리의 승합차가 떠나자 자동차 안에는 잔잔한 음악 소리만이 흘렀다. 소연은 조심스럽게 자세를 고쳐 앉은 뒤 하윤의 말에 귀를 기울였다.

"난 그 대사 중 처음 부분만 좋아했어. 길고도 긴 낮과 밤을 끝까지 살아가자는 부분 말이야. 그런데 누나는 그 뒤로 이어지는 대사를 더 마음에 들어 했어. 그때 난 그 부분이 그렇게 인상적이라고 생각하지 않았기 때문에 누나를 이해할 수 없었지. 그런데 누나가 죽고 난 뒤 누나의 방을 정리하다가 책상 서랍 속에서「바냐 아저씨」를 발견했어. 무심코 책을 펼쳤는데 눌러서 말린 노란색 소국小菊이

끼워진 책갈피에 연필로 밑줄 그어진 그 대사가 있었던 거야. 왠지 모르게 떨리는 마음으로 그 대사를 다시 천천히 읽어보았는데 그제야 알게 되었어. 누나가 왜 좋아했는지, 그 대사가 누나에게 어떻게 다가왔을지, 그 대사를 읽을 때 누나가 어떤 마음이었을지 말이야."

"어떤 대사였어?"

"지금 정확하게 기억하지는 못하지만 이런 대사였어. 마지막 순간이 오면 죽음을 겸허히 받아들이자. 하느님이 우리를 불쌍히 여겨주실 거다. 그날이 오면 밝고 아름다운 세상을 보게 될 것이고, 마침내 쉴 수 있을 것이다."

소연은 아무 말 없이 하윤을 바라보기만 했다. 하윤은 여전히 한 손을 운전대 위에 올려놓은 채로 희미한 미소를 지었다.

"지금도 누나를 많이 그리워하냐고 물었지? 누나와 이별한 지 이제는 시간도 많이 흘렀고 누나의 부재가 익숙해질 법도 한데 예상치 못한 순간에 문득문득 떠올라서는 한없이 그리워지는 게 사실이야. 하지만 그럴 때마다 슬퍼지지는 않으려고 노력해. 왜냐하면 누나는 소냐의 마지막 대사처럼 지금 여기보다 밝고 아름다운 곳에서 편하게 쉬고 있을 거라 믿거든."

하윤을 바라보며 소연도 미소를 지었다. 그 미소는 자

기도 그렇게 생각한다는 동의의 미소였다. 소연은 하윤의 어깨를 가볍게 토닥여주었다.

"오빠 누나는 분명 아름다운 분이셨을 거야."

하윤은 몸을 앞으로 숙이며 앞 유리를 통해 하늘을 올려보았다. 얼굴로 내리쬐는 오후의 햇볕에서 희미한 따스함이 느껴졌다. 하윤은 다시 자세를 바르게 하고 소연을 바라보았다. 여전히 미소 짓고 있던 소연이 안전벨트를 매었다. 하윤도 안전벨트를 매고 기어를 드라이브로 옮기고는 부드럽게 차를 움직이며 말했다.

"맞아. 그 누구보다도."

*

청초호 인근에 있는 호텔에 도착했을 때는 오후 네 시가 넘은 시각이었다. 해는 이미 서쪽으로 천천히 기울기 시작했고, 지은 지 얼마 되지 않아 새하얀 호텔의 외벽에는 어슴푸레한 음영이 서서히 드리워졌다. 비수기 평일 오후의 호텔 로비는 매우 한적했고 음악조차 흘러나오지 않아 마치 도서관 열람실처럼 조용했다. 희멀겋고 표정 없는 얼굴의 프런트 데스크 직원은 친절하지만 기계적인 태도로 하윤과 소연을 응대했다. 체크인을 마친 하윤과 소연은 발소리가 울리는 대리석 복도를 지나 엘리베이터에 탔다.

배정받은 방은 가장 저렴한 스탠다드 등급이었지만 크기도 작지 않았고 내부 시설도 깔끔했다. 창문 바깥으로는 서울의 여느 주택가 같은 풍경이 보였다. 조금 더 비싼 요금의 방을 예약했다면 청초호와 속초 바다가 보이는 방에서 묵을 수도 있었지만 하윤과 소연은 그런 것엔 크게 신경 쓰지 않았다.

하윤은 여행 가방을 선반에 올리고 외투도 벗지 않은 채 창가의 작은 의자에 앉았다. 소연은 벗은 외투를 옷장에 걸고 화장실에서 손을 씻고 나왔다. 그러고는 침대 위에 책상다리로 앉았다. 둘 사이엔 잠시 침묵이 흘렀다. 사실 속초라는 목적지만 결정했을 뿐 무엇을 할지는 전혀 생각하지 않았다. 하윤은 미리 세부적인 일정을 정해놓고 여행을 가는 성격은 아니었다. 보통 여행 장소에 도착해 그날의 일정을 즉흥적으로 정했고, 사람들이 많이 찾는 유명 관광지보다는 동네의 평범한 골목을 걸어 다니는 걸 좋아했다. 그러다 맞이하게 되는 낯선 장소와 상황에서 즐거움을 느꼈다. 다행히 소연도 그러한 하윤의 여행 스타일에 별다른 불만은 없었다. 물론 본인이 정말 가고 싶거나 하고 싶은 게 있을 땐 분명하게 자기 의사를 말했다. 하지만 이번 속초 여행에는 소연도 딱히 계획이 없었다.

"이제 뭐 할까?"

눈에 보이지 않는 안개 같던 침묵을 거두고 소연이 물었다. 하윤은 바깥 풍경을 슬며시 바라보았다. 이제 얼마 뒤면 어둑어둑한 땅거미가 내릴 것 같았다. 멀리 가기에는 시간이 애매했고 또다시 운전해서 어딘가로 가고 싶지는 않았다.

"가볍게 산책하는 건 어때? 청초호 주변이 걷기에 꽤 괜찮은 것 같던데."

소연은 이미 예상했다는 듯 망설임 없이 좋다고 대답했다.

"조금 걷다가 뭐 좀 먹자."

휴게소에서 먹은 음식이 너무 가벼웠는지 저녁을 먹기엔 이른 시간이었음에도 하윤은 허기를 느꼈다.

"좋지. 뭐 먹을까. 뭐가 맛있지?"

휴대전화를 들고 빠른 손놀림으로 속초 시내의 맛집을 검색하기 시작한 소연은 오징어회, 물회, 오징어통찜, 오징어순대, 닭강정, 아바이순대 등 검색된 음식들을 소리 내어 중얼거렸다. 하윤은 가만히 듣고 있다가 소연에게 말했다.

"그래도 동해까지 왔으니 오징어 한번 먹어볼까? 오징어회 어때?"

소연도 좋다고 하며 다시 검색하더니 갑자기 탄식 섞인 소리를 질렀다.

"아아, 겨울은 오징어 철이 아니래. 동명항에 싱싱한 오징어회를 먹을 수 있는 곳이 있는데, 겨울에는 양미리와 도루묵을 주로 판다네. 그게 제철이라고."

소연은 미간에 잔뜩 주름을 지은 채 휴대전화 화면을 바라보았다.

"너 생선은 잘 안 먹잖아?"

"그렇긴 하지."

소연은 뭔가 불만스러운 표정으로 아랫입술을 잘근거렸다. 하윤은 잠시 생각하다가 속초가 오징어순대 유명하니까 그건 어떠냐고 물었다.

"좋기는 한데, 오징어순대는 있을까? 오징어 철도 아니라는데."

하윤은 어깨를 으쓱하며 자리에서 일어났다.

"우선 나가보자. 만약 없으면 다른 걸 생각해 보지 뭐."

소연도 어쩔 수 없다는 듯 일어나 작게 기지개를 켰다. 그리고 벗어놓았던 외투를 챙겨 입고 가방에서 목도리를 꺼내 목에 단단하게 둘렀다. 얇은 셔츠 위에 패딩 점퍼만 입은 하윤에게 소연은 그렇게 입고 다니면 밤에 추울 거라고 했지만 하윤은 잠시 멈칫했을 뿐 대수롭지 않게 괜찮다고 했다. 사실 더 껴입을 옷이나 목도리 같은 건 챙겨오지 않은 하윤이었다.

산책 코스는 반 시계 방향으로 청초호를 둘러보는 것으로 정했다. 호텔에서 나오니 해는 이미 산 너머로 넘어가 보이지 않았고 바다 쪽에서 불어오는 바람은 제법 매서웠다. 하윤은 점퍼의 지퍼를 끝까지 올리고 소연의 오른손을 잡아 자신의 주머니 속에 넣었다. 둘은 여유로운 발걸음으로 청초호변 산책로를 향해 걷기 시작했다.

산책로로 가는 도중 오래된 조선소를 카페와 전시 공간으로 바꿔 이용하는 곳에 잠시 들려 구경했다. 소연은 이곳저곳을 사진에 담았고, 공간을 둘러보는 하윤의 자연스러운 모습도 찍었다. 커피를 마실까 하다가 곧 저녁을 먹을 테니 그냥 나가기로 했다.

카페에서 나와 청초호수공원을 지나니 목재로 만들어진 산책로가 나타났다. 산책로에서 호수 건너편으로 묵고 있는 호텔을 포함해 여러 채의 고층 건물들이 보였고, 붉은 아치가 멋진 다리도 보였다. 이미 검푸르게 어둑해진 하늘을 배경으로 건물과 다리의 조명이 화려한 빛을 반짝였다. 다리 위로는 투명하게 빛나는 보름달에 가까운 달이 떠 있었다. 하윤은 달을 보며 카페에 걸려있던 보름달 사진을 떠올렸다. 그리고 별다른 이유도 없이 그 사진 속 바다가 어쩌면 속초 바다일지도 모른다고 생각했다.

소연은 휴대전화를 꺼내 청초호의 야경을 여러 장의 사진으로 담았고 하윤에게 보여주었다. 사진 속 풍경은 색이 왜곡되고 빛에 더 민감하게 감응해 눈으로 보는 풍경보다 더 극적이고 화려해 보였다. 하윤은 작게 감탄을 뱉으며 엄지손가락을 들었다. 소연은 기분이 좋은 듯 웃었다.

"우리도 사진 찍자."

소연은 자신의 휴대전화 카메라를 셀카 모드로 변경해 하윤에게 건넸다.

"우리의 기억은 불완전하니까, 이 순간을 사진으로 기억하는 거야."

하윤과 소연은 청초호를 배경으로 나란히 섰다. 하윤의 오른손이 소연의 어깨를 감싸안았고 소연의 왼손은 하윤의 허리를 안았다. 하윤은 휴대전화를 든 왼손을 뻗어 화면 속 구도를 다양하게 바꾸며 사진을 찍었다. 사진에는 실제보다 푸른빛이 강하게 나온 밤하늘 아래로 건물들의 반짝이는 조명과 그 빛이 반사된 청초호의 넘실대는 검은 물결, 그리고 그 앞으로 발그스레한 두 볼로 다정하게 웃는 하윤과 소연이 있었다.

계획했던 코스의 절반 정도밖에 걷지 않았는데 해가 지면서 기온이 급격하게 내려가 계속 걷기에는 무리였다. 그래서 산책은 이쯤에서 그만두고 식당을 정해 택시를 타고 이동하기로 했다. 한기가 제법 느껴졌기에 처음에 제안했던 오징어순대보다는 뭔가 뜨끈한 국물이 좋을 것 같다고 하윤이 제안했고 소연도 좋다고 했다. 소연은 무엇이 좋을까 고민하다 아까 검색했던 음식 중 아바이순대를 떠올렸다.

"아바이순댓국 먹어볼까?"

"좋아."

하윤과 소연은 소금기가 실린 차가운 겨울바람에 발을 동동거리며 식당을 검색했다. 손끝이 시려 올 때쯤 가장 유명한 식당을 찾았고 그곳까지 가는 택시를 불러 탑승했다. 택시 실내는 난방이 과도할 정도로 강했고, 하윤은 차가워졌던 몸이 빠르게 녹으며 나른함을 느꼈다. 조금 답답한 것 같아 창문을 살짝 내릴까 하다가 목적지에 곧 도착하기에 그만두었다. 그냥 멍하니 창밖의 풍경을 바라보는 하윤에게 소연이 물었다.

"그런데 속초는 왜 아바이순대가 유명하지?"

하윤은 잠시 생각하다가 모르겠다고 답했다. 지역의 유명한 음식은 알아도 그 음식이 왜 유명한지 궁금하게 여긴 적은 없었기에 소연의 질문이 뜬금없긴 했지만 흥미로웠다. 소연은 주머니에서 휴대전화를 꺼내 검색하더니 금방 답을 찾았다.

"아, 함경도 지역 사람들이 6.25 전쟁 때 속초로 피난을 내려와 정착했는데, 그러면서 그쪽 지방 향토 음식이었던 순대가 유명해진 거라네. 우리가 지금 가는 아바이마을이 실향민 정착촌이래."

소연은 계속해서 아바이라는 명칭의 유래, 아바이순대 때문에 오징어순대가 만들어졌다는 얘기 등을 연달아 읽으며 신기하다는 듯 연신 작게 소리 내어 감탄했다. 옆에서 가만히 지켜보던 하윤은 그 모습이 귀엽게 느껴져 작게 미소 지었다.

차창 밖으로 스쳐 지나가는 속초의 풍경에 우뚝 솟은 거대한 고층 아파트들이 심심치 않게 보였다. 이번에 하윤이 맡게 된 업무는 속초 어딘가에 저런 아파트를 짓기 위한 행정절차를 이행하는 일이었다. 절차가 모두 마무리되고 본격적인 건설이 시작되면 적어도 3년 안에는 최신의 대규모 고층 아파트 단지가 들어설 예정이었다. 하윤은 아파트가 들어서기 위해 흔적도 없이 사라질 낡은 건물과 좁은 골목을 생각했다. 그리고 누군가의 불완전한 기억으로만, 또는 서랍 속 찾지 않는 색 바랜 사진으로만 남겨질 오래된 동네의 멈춰버린 시간에 대해 생각했다. 그러자 기분이 괜히 가라앉았다.

하윤은 차창 밖으로 흘러가는 거리의 불빛을 하염없이 바라보다 어릴 적 이곳에 왔을 때 보았던 속초의 풍경이 떠올랐다. 하윤의 기억 속에 남아있는 당시 속초의 풍경은 단 하나의 이미지였다. 밤새 내린 폭설로 눈에 뒤덮인 산과 거리, 그리고 해변. 회색빛 하늘 아래 모든 것이 새하얗게 덮여있는 풍경. 하윤에게 속초는 눈의 풍경으로 기억되었다. 그건 분명 차갑고 외로웠지만, 이상하게도 어딘가 포근하고 위안이 되어주는 풍경이었다.

식당에 도착해 자리를 잡고 순댓국 두 개와 소주를 한 병 주문했다. 소연은 메뉴에 있는 오징어순대를 가리켰다.

"그래도 속초에 왔는데 맛은 봐야 하지 않겠어? 여기 오징어순대도 작은 거 한 접시 주세요."

"너무 많은 거 아냐?"

"남으면 포장하지 뭐."

밑반찬이 식탁에 깔리고 소주가 나왔다. 서로의 잔에 소주를 채워 건배한 뒤 술이 약한 소연은 살짝만 마셨고 하윤은 천천히 한 잔 전체를 다 마셨다. 차가운 술이 식도를 타고 내려가 빈속으로 흘러 들어가는 게 느껴져 하윤은 자신도 모르게 미간을 찡그렸다. 오징어순대가 먼저 나왔고 곧바로 푸짐해 보이는 순댓국도 나왔다. 음식은 모두 먹음직스러운 빛깔이었다.

"사진 안 찍어?"

하윤이 차려진 음식을 가리키며 물었다.

"나 원래 음식 사진은 안 찍잖아."

소연은 휴대전화를 들더니 렌즈 방향을 하윤에게 향하며 웃어보라고 말했다.

"대신 오빠 찍어줄게. 음식과 함께하는 오빠의 모습을 남겨 놓아야지."

하윤은 혼자 찍는 사진이 어색한 듯 애매한 자세와 미소로 렌즈를 바라보았다. 소연은 그 모습을 재밌어하며 여러 장의 사진을 찍었다.

"됐다. 겨울, 속초, 아바이순대와 오징어순대, 그리고 오빠까지. 이렇게 내 기억에 저장."

빨간 국물의 순댓국에선 하얀 김이 모락모락 피어올랐다. 하윤과 소연은 오징어순대를 맛보고, 소주를 마시고, 뜨거운 순댓국을 천천히 식혀가며 먹었다. 이런저런 얘기가 오고 갔고 음식과 술을 계속해서 나누었다. 들어올 때만 해도 빈 테이블이 여럿이었는데 지금은 손님들로 모두 만석이었다. 그만큼 식당 안은 왁자지껄했다.

"그런데 예전에 속초 왔을 때는 어디 갔었어?"

소연이 하윤에게 물었다. 하윤은 음식의 열기와 사람들의 온기가 한데 엉켜 부유하고 있을 것 같은 허공의 한 지점을 가만히 응시한 채 잠시 생각했다. 그러고는 들고 있던 젓가락을 내려놓고 의자에 등을 기대며 말했다.

"뭐 딱히, 아무 데도."

"아무 데도 안 갔다고?"

건더기를 크게 한 숟가락 건져 입으로 가져가며 소연은 되물었다. 하윤은 말없이 고개만 끄덕였다. 소연은 입에 넣은 음식을 씹느라 말은 못 하고 눈만 동그랗게 떴다. 하윤은 왼 팔꿈치를 테이블 위에 올리고 숟가락으로 자신의 그릇에 담긴 음식을 천천히 휘저었다.

"기억은 안 나지만 원래는 어딘가를 가려고 했겠지, 아마도. 하지만 아무 데도 갈 수가 없었어."

"왜?"

음식을 모두 삼킨 소연이 궁금하다는 표정으로 물었다. 하윤은 어깨를 으쓱했다.

"그때 속초에 폭설이 내렸거든. 도로가 폐쇄됐고, 그래서 아무 데도 갈 수가 없었어."

"그럼, 숙소에만 있었던 거야?"

하윤은 말없이 고개만 끄덕였다. 소연은 작게 입을 벌

렸다. 진심으로 안타깝다는 표정이었다. 위로라도 하려는 듯 잔을 들어 하윤에게 향했고, 하윤은 왼손으로 잔을 들어 소연의 잔에 부딪혔다. 그리고 반쯤 남아있던 소주를 천천히 입안으로 흘려 넣었다. 미지근해진 소주에서 비릿한 알코올 냄새가 올라와 하윤은 숟가락으로 국물을 떠먹었다. 입안 가득 퍼진 진한 맛이 소주의 잔향을 뒤덮었다.

"계속 숙소에만 있었으면 엄청 지루했겠다."

"글쎄, 그렇게 지루하지는 않았던 것 같아. 겨우 하룻밤 묵었으니까. 그리고 그날 밤엔……"

그 순간, 마치 심장이 박동하듯 연못 위의 덩어리가 다시 천천히 진동을 시작했다. 계속되는 진동으로 표면에 묻어있던 시간의 퇴적물이 모두 떨어지자 투명한 속내가 드러났고, 찰랑거리는 투명한 빛 속에서 그날 밤의 풍경이 보였다. 조금은 시끄럽고 어수선했던 가족의 저녁 식사, 처음으로 드러낸 누나의 속마음, 그리고 무섭고도 슬펐던 하윤의 꿈까지. 오랫동안 외면했던 풍경들은 기억의 한가운데에서 여전히 선명하기만 했다.

"그날 밤에 뭐? 무슨 일 있었어?"

식당 안은 사람들의 대화 소리로 매우 소란스러웠다. 술기운인지, 아니면 식당 안의 열기 때문인지 하윤은 얼굴이 점점 달아오르는 게 느껴졌고 정신도 아득해지는 것 같앉다. 두 손바닥으로 얼굴을 가볍게 문지르며 천천히 숨을 들이쉬고 내쉬었다. 소연은 아무 말 없이 기다렸다. 하윤은 두 손으로 머리를 뒤로 쓸어 넘기고 소연에게로 시선을 잠시 향했다가 다시 허공으로 돌렸다. 창백한 형광등 빛 속에서 기억을 읽어내듯 하윤은 허공을 응시한 채 그날 밤의 풍경을 소연에게 낮은 목소리로 말하기 시작했다.

*

하윤의 가족이 탄 차가 서울을 벗어난 직후부터 약하게 흩날리던 눈발은 숙소인 공무원 연수원에 도착했을 때 이미 함박눈으로 변해 앞이 보이지 않을 정도로 쏟아졌다. 주변 도로와 산, 그리고 야트막한 산자락에 위치한 작은 마을은 모두 하얀 눈에 덮여 서로의 경계를 구별하기가 힘들었다. 숙소에 도착하면 곧바로 바닷가로 이동해 속초항과 수산물 시장 등을 구경하고 저녁을 먹으려 했던 가족의 계획은 도로 통행이 제한되면서 완전히 틀어지고 말았다. 시내 외곽의 산속에 홀로 덩그러니 위치한 숙소는 주변에 딱히 갈만한 관광지도, 식당도 없었다. 가족은 꼼짝없이 숙소에 갇히게 되었다.

숙소 건물은 여느 리조트처럼 겉으로 보기엔 규모도

크고 깔끔해 보였지만 객실 내부의 가구며 가전제품, 주방과 화장실 등은 모두 낡고 구식이었다. 객실에 들어와 내부를 확인한 순간 하윤은 자기도 모르게 한숨을 쉬었다. 짐을 내려놓고 외투를 벗은 가족은 거실 이곳저곳에 흩어져 앉아 서로 별다른 말 없이 커다란 거실 창을 통해 끊임없이 내리는 눈만 바라보았다.

자녀들은 처음부터 이번 여행을 그다지 원치 않았다. 하준은 친구들과 보내기에도 턱없이 부족한 휴가 기간 중 이틀이나, 그것도 여행까지 하면서 가족과 보내고 싶지는 않았다. 하선은 오빠 때문에 여행을 간다는 것 자체부터 마음에 들지 않았고, 게다가 그러한 여행을 자기 의사는 물어보지도 않고 일방적으로 계획한 아빠와 엄마도 밉기만 했다. 예민한 사춘기를 보내고 있던 하윤은 어떻게든 집에 혼자 있고 싶었지만 결국 엄마한테 큰소리를 듣고 나서야 어쩔 수 없이 따라온 터였다.

다들 오기 싫은 여행을 억지로 왔는데 꼼짝없이 숙소에 갇히기까지 했으니 자녀들의 얼굴엔 마음속 가득한 불만이 그대로 드러났다. 아빠도 모처럼 신경 써 준비한 여행이 악천후 때문에 엉망이 돼버려 신경이 한껏 날카로워진 상태였고, 그러한 남편과 자녀들 사이에서 엄마 또한 마음이 불편하긴 마찬가지였다. 크지 않은 숙소 안에는 바깥의 눈보라만큼이나 냉랭한 기운만이 무겁게 흘렀다.

근처에 밥을 먹을 만한 곳도 없었고 설령 있다고 해도 눈보라를 뚫고 갈 수는 없었다. 그나마 숙소 지하에 있는 작은 마트가 문을 열었기에 가족은 뭐라도 재료를 사서 음식을 해 먹기로 했다. 엄마는 하선을 데리고 마트에 갔는데 관광객이 적은 겨울 비수기여서 마트의 상품 종류는 부실했고, 그나마 있는 상품도 품질이 좋아 보이지 않았다. 엄마는 그냥 간단하게 라면이나 끓여 먹을까 생각도 해보았지만, 그래도 여행 와서 먹는 첫 식사인데 성의 없이 먹는 건 아무래도 내키지 않았다. 그래서 고민 끝에 냉동고에서 꽝꽝 언 포장 삼겹살 두 팩을 집었다. 언제부터 있었는지 알 수도 없고 상태도 그리 좋아 보이지 않았지만 특별한 대안이 없었다.

그 외에 이런저런 먹을거리를 사서 숙소로 돌아온 엄마와 하선은 작은 주방에서 식사를 준비했다. 아빠와 하준은 거실에서 말없이 텔레비전 화면에만 집중했고, 하윤은 작은 방에 들어가 문을 닫고 가져온 책을 읽었다. 뜨거운 기름이 사방으로 튀는 프라이팬 앞에서 묵묵히 삼겹살을 굽고 있던 하선은 여기까지 와서 이렇게 밥을 차리고 있는 상황에 너무나 짜증이 났다. 하지만 살짝만 건드려도 날카롭게 깨질 것 같은 이 서늘한 분위기에서 쉽사리 짜증을

낼 수는 없었다. 그래서 애써 참으며 한 번씩 창밖만 바라볼 뿐이었다. 창밖으로는 여전히 매섭게 눈이 내렸다.

식탁은 4인용이었고 소반 같은 것도 따로 없었다. 엄마는 자신을 제외하고 식구들 먼저 식탁에 앉아 식사하라고 했지만 아빠는 그냥 바닥에서 다 같이 먹자고 했다. 준비한 음식이 바닥에 차려졌고 다섯 식구는 둥그렇게 둘러앉아 식사를 시작했다. 반찬은 구운 삼겹살, 김치와 김이 전부였다. 삼겹살은 예상했던 대로 맛이며 품질이 형편없었다. 하지만 누구도 내색은 하지 않았다. 아빠는 소주 한 병을 따 하준에게 한 잔 따라주었다. 엄마는 그나마 괜찮아 보이는 고기를 골라 따로 접시에 담아 하준과 하윤 앞으로 밀어주었다. 서로 별다른 대화는 없었다. 실내에는 끄지 않은 텔레비전에서 흘러나오는 동물 다큐멘터리의 성우 목소리만이 무미건조하게 울렸.

"나, 휴학하고 어학연수 가고 싶어."

식사가 거의 끝났을 때쯤 무겁고 답답했던 침묵을 깬 사람은 예상외로 하선이었다. 그녀는 2학년을 흐지부지 보내고 그대로 졸업해 버리면 앞으로 할 수 있는 게 아무것도 없을 것 같다며 자신에게도 새로운 기회가 필요하다고 말했다. 지금까지 단 한 번도 말한 적 없었던 계획이었고 그만큼 갑작스러웠다. 여행을 와서 얘기하기에는 조금 난데없다고 여겨질 수도 있었다. 하지만 하선의 태도에는 지금이어야만 한다는 확신이 가득했고 목소리는 작지만 흔들림이 없었다. 어쩌면 오빠를 포함한 모든 가족이 모이는 자리를 기다린 건지도 몰랐다.

하선의 발언에 엄마는 어학연수는 핑계고 그냥 놀러 가는 거 아니냐고, 괜한 생각하지 말고 학교 공부 열심히 하면서 취업 준비나 잘하라고 꾸짖듯 말했다. 영어 공부든 새로운 기회든 정말 필요하다면 국내에서도 충분하다고 하면서. 아빠는 별다른 말 없이 천천히 소주만 마셨고, 하준은 자신과는 상관없다는 듯 무심한 눈빛으로 하선을 바라보았다. 하윤은 뭔가 분위기가 심각해질 것 같다는 두려움에 엄마와 누나의 눈치만 보았다. 사실 가족들 모두 하선의 돌발적인 발언을 진지하게 생각하지 않았다. 그저 철없는 투정 정도로만, 시간이 지나면 자연스레 사라질 허상 정도로만 여겼다.

하지만 하선은 그런 게 아니라는 것을 그 어느 때보다 결연한 모습으로 주장했다. 지금까지 하선에게서 볼 수 없던 모습이었다. 마치 그동안 자신에게 가해지는 억압과 차별을 말없이 참았지만 이번에는 그러지 않겠다는 태도였다. 분위기는 어느새 심각해졌고 엄마의 언성은 몰라보게 높아졌다.

"어학연수 가는 데 돈이 얼마나 드는지 알고 말하는 거야? 지금 너하고 하준이 등록금 내는 것만도 버거운 거 몰라? 그리고 하윤이 대학 가는 것도 이제 곧인데. 사정 뻔히 알면서 너 정말 왜 그래?"

엄마의 말에 하선은 침묵했다. 가슴 속에는 억울함과 서운함의 목소리가 가득했지만 입술을 꾹 다문 채 쏟아내지 않았다. 하선의 침묵을 마음이 흔들리는 것으로 오해한 엄마는 다시 목소리를 낮추고 하선을 어르기 시작했다.

"지금 당장 외국에 나가서 영어 공부도 하고 새로운 경험도 해보고 싶겠지만 사정이 여의찮다는 거, 너도 잘 알잖아. 엄마 아빠가 해주기 싫어서 안 해주는 거 아니잖아. 우선 네가 취업해서 경제적으로 독립하면 어학연수 같은 건 그때 가서 하고 싶은 대로 자유롭지 할 수 있지 않겠니?"

가만히 엄마의 말을 듣고 있던 하선이 입을 열었다. 눈빛은 차가웠고 목소리는 터지기 직전의 감정을 억지로 꾹꾹 눌러 담아 낮게 떨렸다.

"며칠 전에 아빠랑 얘기하는 거 다 들었어. 오빠 제대하면 필리핀 같은 데라도 잠깐 보내야 하는 거 아니냐고, 요즘 다른 집들도 다 그렇게 한다고 말하는 거."

하선의 말에 엄마는 순간 놀라서 표정이 굳었다. 가만히 상황을 지켜보고만 있던 아빠도 당황했는지 괜한 헛기침을 한 뒤 들고 있던 소주잔을 내려놓았다. 하선은 엄마를 쏘아보았다.

"그런데 나는 왜 안 돼? 왜 오빠는 되고 나는 안 돼?"

하선의 목소리는 어느새 격앙되어 있었다. 항상 조용하기만 했던 하선이었기에 가족들에겐 낯선 목소리였다.

"지금까지 단 한 번이라도 날 위해준 적 있어? 뭘 해도 오빠와 하윤이가 먼저였잖아. 내가 뭘 하고 싶은지, 무엇을 원하는지 물어봐 준 적 있냐고!"

하선의 외침 이후 순간적인 정적이 찾아왔다. 그건 분명 불안하고 불편한 정적이었다. 잠시 숨을 고른 하선은 앙칼진 목소리로 정적을 갈랐다.

"난 도대체 이 집에서 뭐야?"

하선의 얼굴은 발갛게 상기되었고 갑작스럽게 쏟아낸 감정으로 떨리기 시작한 몸은 주체할 수 없었다. 흔들리는 눈동자에서는 곧 눈물이 쏟아질 것 같았다. 하준은 이게 지금 뭐 하는 거냐고, 그만하라고 소리쳤다. 오빠로서 할 수 있는 행동은 이것뿐이었다. 아빠는 이제 그만하고 다음에 얘기하자고 말했다. 차분하고 점잖은 목소리였지만 더는 하선의 말을 듣고 싶지 않다는 강압적인 목소리이기도 했다. 엄마는 타이르고 설득하는 건 소용없다고 판단됐는지 손바닥으로 하선의 등을 때리며 떨리는 목소리로 호통을 쳤다.

"너 정말 왜 이래? 철없는 아이도 아니고 왜 그렇게 생각이 짧아. 엄마 정말 속상하게."

하선은 자리에서 벌떡 일어나 방으로 들어가 문이 부서질 듯 세게 닫았다. 그리고 잠시 후 방음이 잘되지 않는 낡은 회색 문 너머로 울음소리가 희미하게 새어 나왔다. 하윤은 불시에 일어난 이 소란스러운 상황이 쉽게 이해되지 않았다. 왜 이렇게 되었는지, 무엇이 잘못된 것인지 알 수 없었다.

하선이 오랫동안 숨겨두었던 자신의 울분을 토한 순간 가족들이 느낀 당혹스러움과 충격의 크기는 분명 작지 않았다. 단단하지 못한 건물이 소리 없이 쌓인 눈의 무게를 견디지 못하고 결국 무너지듯, 오랜 시간 동안 누적되어 온 가족 내부의 부조리와 일방적인 희생은 마침내 가족들이 발을 디디고 있던 기반 일부를 붕괴시켰다. 그리고 그 붕괴는 하윤을 둘러싼 작은 세계에도 미세한 균열을 내었다. 하지만 하윤은 균열이 무엇을 의미하는지, 자신에게 어떤 영향을 미칠지 알 수 없었다. 그건 아마도 오랜 시간이 흐른 뒤에야 알게 되는 것이었다.

엄마는 하선을 쫓아 방으로 들어가려 했고, 아빠는 지금은 그냥 혼자 두라고 하며 말렸다. 속상한 마음에, 그리고 미안한 마음에 엄마는 울상을 지으며 한숨을 내쉬었다. 아빠는 잔에 남아있던 소주를 묵묵히 입에 털어 넣었다. 하준은 자리에서 일어나 소파에 앉아 신경질적으로 텔레비전 채널을 돌렸다. 하윤은 세운 무릎을 두 팔로 감싸고 앉아 몸을 잔뜩 웅크리고는 가만히 창밖을 바라보았다. 겨울밤의 차가운 침묵 속에서 여전히 많은 눈이 소리도 없이 내리고 있었다.

그날 밤 하윤은 꿈을 꾸었다. 꿈속에서 하윤은 집으로 가는 중이었다. 집으로 걸어가는 하윤의 마음은 그리 편하지 않았다. 정체를 알 수 없는 불길함이 발걸음을 무겁게 했다. 무슨 일인가 벌어질 것만 같았는데 그게 무엇인지 알 수 없었다. 집에 도착하여 현관문을 열고 들어서니 중문 너머에 서 있는 하선의 뒷모습이 보였다. 하윤은 작은 목소리로 누나를 불렀다. 하지만 하선은 미동도 없이 그대로 서 있었다. 하윤은 중문을 열고 거실로 들어서서 조심스럽게 누나에게 다가갔다. 그리고 누나 곁에 섰을 때 하윤은 누나의 얼굴이 없다는 걸 알게 되었다. 얼굴이 있어야 할 자리에는 겨울밤의 짙은 어둠과 같은 차갑고 쓸쓸한 그림자만이 있었다.

하윤은 깜짝 놀라 비명을 질렀다. 하지만 비명은 소리가 되어 나오지 못하고 입안에서 맴돌기만 했다. 그리고 자신도 모르게 얼굴이 없는 누나의 머리를 두 손으로 힘껏 밀었다. 누나의 몸이 뒤로 쓰러지며 머리가 중문의 유리창에 강하게 부딪혔고, 유리에는 사방으로 금이 갔다. 그런데도 하선은 전혀 움직이지 않았다.

그제야 자신이 느꼈던 불길함의 정체를 깨달은 하윤은 강하게 소리 내어 외치고 싶었다. 하지만 혀가 굳은 것처럼 말은 나오지 않고 신음 같은 소리만 흘러나왔다. 온 힘을 다한 하윤은 마침내 입 밖으로 소리를 외치는 것과 동시에 잠에서 깼다.

누나가 죽었어!

*

식당에서 나온 하윤과 소연은 골목길을 천천히 걸었다. 양옆으로 이어지는 비슷비슷한 메뉴의 식당에선 조명의 빛과 뜨듯한 음식의 냄새, 때로는 사람들이 떠드는 시끌벅적한 소음이 흘러나와 좁은 골목길을 가득 채웠다. 밤이 깊어지면서 기온이 더 내려갔지만 따듯한 음식으로 배를 든든하게 채워서 그런지 견딜만하게 느껴졌다. 그래서 하윤과 소연은 주변을 조금 더 걷다가 숙소에 돌아가기로 했다.

"고양이다."

소연이 손가락으로 가리키며 작게 외쳤다. 손가락 끝이 향한 구석진 곳에서 고양이 한 마리가 접시에 담긴 사료를 먹고 있었다. 몸 대부분이 윤기가 흐르는 검은 털로 덮인 고양이는 주둥이와 가슴, 그리고 발 부분의 털만 흰색이었다. 흡사 턱시도를 입은 것처럼 보이는 고양이었다. 소연이 살며시 다가가 멀찍이 떨어져 쪼그리고 앉으니 고양이는 사료 먹는 걸 멈추고 머리를 들어 반짝이는 동그란 눈으로 소연을 쳐다보았다. 도망가지는 않았고 소연이 별다른 움직임을 보이지 않자 다시 조심스럽게 사료를 먹기 시작했다. 소연은 가만히 고양이를 지켜보았다.

"목걸이를 한 걸 보니 누군가가 보호해 주는 고양이인가 봐. 아니면 키워지다가 유기된 건가?"

고양이 목에 채워진 가느다란 붉은 색 목걸이를 가리키며 소연이 조용히 속삭였다. 어느새 소연의 곁에 앉은 하윤은 이상하게도 처음 본 고양이에게 왠지 모를 친밀함을 느꼈다. 고양이가 누군가의 보살핌을 계속 받으며 오래도록 건강하게 살아 속초에 올 때마다 볼 수 있었으면 좋겠다고 생각했다. 한참 동안 고양이를 보던 둘은 몸을 천천히 일으켰다. 갑작스러운 움직임에 놀랐는지 고양이는 순간적으로 경계 자세를 취하더니 이내 건물 사이 좁은 틈으로 유유히 사라졌다. 소연은 고양이가 떠나가고 사료 접시만 남아있는 곳을 향해 미안, 이라고 말했다.

식당이 밀집된 골목길을 빠져나오니 넓은 바다가 시야에 들어오며 비릿한 바다 냄새가 느껴졌다. 서쪽으로 많이 기운 달은 아까보다 짙어진 노란 빛으로 밝게 빛났다. 부드럽게 쏟아지는 달빛은 가까운 방파제보다 저 멀리 바다 끝 수평선을 더 명료하게 드러내었다. 부둣가에 정박해 있는 커다란 여객선은 마치 어둠 속에서 웅크린 채 잠들어 있는 거대한 동물처럼 보였다. 방파제 끝의 등대는 바다에 나갔던 어선들이 무사히 돌아올 수 있도록 작지만 밝은 빛을 일정하게 점멸하며 항구의 위치를 알려주었다.

"오늘 어쩌다 보니 누나 얘기를 많이 했네."

한참을 별다른 말이 없던 하윤이 입을 열었다. 방파제의 테트라포드에 파도가 부딪히며 나는, 마치 무수히 많은 쌀알이 바닥에 쏟아지는 듯한 소리가 끊임없이 들려왔다. 소연은 파도 소리가 들려오는 곳을 바라보며 말했다.

"언젠가는 내가 들어야 할 이야기였던 것 같아."

하윤은 걸음을 멈추고 바다를 바라보며 섰다. 차가운

겨울바람이 불어와 하윤의 머리칼을 헝클였다.

"사실 누군가에게 그 꿈 이야기를 한 건 처음이야."

하윤은 두 손을 점퍼 주머니에 넣고 오른발 끝으로 바닥을 쓸었다. 도로까지 넘어온 해변의 모래에는 작은 조개껍데기가 섞여 있었다.

"가끔 그런 생각을 할 때가 있어. 만약 내가 꾼 꿈을 누나에게 말해줬다면 누나가 세상을 떠나지 않았을지도 모른다는 생각. 그 이야기가 어쩌면 누나에게 어떤 무의식적인 방어기제 같은 게 될 수도 있지 않았을까 하는 생각."

"그래도……, 오빠 탓은 아니야."

조심스럽게 소연이 말했다. 사실 하윤도 잘 알고 있었다. 그 이야기를 했어도 끝내 죽음을 선택한 누나의 결정이 바뀌지는 않았을 것을. 하지만 자신의 꿈이 누나의 죽음을 예견했다는 두려움과 그럼에도 불구하고 막지 못했다는 자책감은 하윤에겐 영원히 벗을 수 없는 굴레와 같았다. 그렇기에 지금까지도 계속해서 후회하고 아쉬워하는 이유는 어쩌면 누나에게 용서를 구하기 위해서인지도 몰랐다.

"사실 그날 밤이 지나고 날이 밝았을 때 누나에게 꼭 해주고 싶은 말이 있었어."

유난히 길었던 겨울밤이 지나고 아침이 밝았을 때 하늘엔 여전히 짙은 회색 구름이 가득했지만 눈은 그친 상태였다. 가족들은 마치 지난밤 아무 일도 없었던 것처럼 행동했다. 엄마는 아침을 준비했고 하선은 옆에서 엄마를 도왔다. 아빠와 하준은 소파에 앉아 텔레비전을 보았다. 어젯밤 저녁을 먹기 전과 다르지 않은 풍경이었다. 다만 눈이 내리지 않는 하늘과 하선의 발갛게 부어있는 두 눈만이 어젯밤과 다를 뿐이었다.

하윤은 아침에 일어나면서 꿈 얘기를 누구에게도 하지 말자고 다짐했다. 그렇게 해야만 할 것 같았다. 지금까지 고요한 표정 아래 누구에게도 말하지 않은 슬픔을 감추고 살아야만 했던 누나를 위해선 그렇게 해야만 한다는 생각이 들었다.

눈이 그치고 도로의 제설 작업이 진행되면서 속초 시내로 진입이 가능해졌다는 소식이 들렸다. 아빠는 여기까지 왔는데 그냥 돌아갈 수는 없지 않겠냐고, 최소한 바다라도 보고 가야 하지 않겠냐고 했다. 아빠의 제안을 누구도 환영하진 않았지만 그렇다고 반대하지도 않았다.

하얀 눈에 파묻힌 시내를 통과해 속초 해수욕장에 도착했을 때 하윤은 태어나서 처음으로 눈 덮인 해변을 마주했다. 길게 펼쳐진 하얀 설원의 저 너머로 짙은 푸른빛의 파도가 넘실거렸다. 그 풍경은 생경하면서도 신비로웠고, 왠지 모르게 편안함으로 다가왔다. 마치 눈 덮인 해변과 파도가 밀려오는 바다가 이 세상의 모든 비애와 모순을 포근하게 감싸며 모든 게 다 괜찮다고 다독여 주는 것 같은 위로의 풍경이었다.

하윤의 가족 외에도 해변에는 겨울 바다의 풍경을 구경하는 사람들이 생각보다 많았다. 가족들은 각자 흩어졌고, 하윤은 천천히 누나에게 다가갔다. 밀려오는 파도 앞에 서 있는 하선의 옆모습은 쓸쓸해 보였고 그런 누나를 보자 하윤은 문득 누나에게 어떤 말을 해줘야만 한다는 생각이 강하게 들었다.

죽지 말라고. 떠나지 말라고. 계속해서 곁에 있어 달라고. 갑자기 이런 말을 하면 분명 이상하게 생각하겠지만 그렇게 말해주고 싶었다. 그건 어쩌면 누나에게 하는 말이라기보다는 간절히 바라며 외우는 주문 같은 것일지도 몰랐다.

하윤은 발끝으로 눈을 천천히 쓸고 있는 누나를 조심스럽게 불렀다. 하선은 고개를 들어 하윤을 쳐다보았다. 어젯밤 눈물의 흔적이 아직도 남아있는 누나의 눈을 본 순간 하윤은 방금까지의 생각과는 달리 어떤 말도 할 수 없었다. 눈시울이 점점 뜨거워져 말을 꺼내는 순간 왈칵 울음이 터질 것만 같았다. 한참을 주저하며 망설이던 하윤은 결국 하선의 시선을 회피한 채 떨리는 입술을 깨물며 아무것도 아니라고만 말했다. 하윤을 빤히 쳐다보던 하선은 희미한 미소를 지으며 조용히 말했다.

"괜찮아."

모호한 대답이었다. 본인이 괜찮다는 건지, 아니면 할 말이 있어 보였는데 하지 못한 동생에게 괜찮다고 한 건지 분명하지 않았다. 하지만 어떤 의미이든 상관없이 괜찮다는 하선의 대답은 하윤에게 위로와 안도의 느낌으로 다가왔다. 정말로 괜찮은 건지 묻고 싶었지만 하윤은 결국 아무 말도 못 하고 그저 누나 옆에 서서 함께 바다를 바라보았다.

흐린 하늘에서 여린 눈송이가 조금씩 날리기 시작했다. 천천히 내려온 눈송이는 소리도 없이 파도 위로, 그리고 해변에 쌓인 눈 위로 내려앉았다.

"같이 눈사람 만들자."

가만히 바다를 보고 있던 하선이 두 손으로 눈을 뭉치기 시작했다. 하윤은 잠시 머뭇거리다 하선과 함께 눈 위에 쪼그려 앉아 눈덩이를 굴렸다. 아주 어렸을 적 이후로 눈사람을 만든 건 정말 오랜만인 것 같다고 하윤은 생각했다. 언젠가 가족 앨범에서 누나와 함께 눈사람을 만드는 사진을 본 적이 있었는데 어쩌면 그게 눈사람을 만든 마지막 기억일지도 몰랐다.

눈사람을 만들고 있는 하선과 하윤의 곁에 조심스러운 걸음으로 엄마가 다가왔다. 점점 커지는 눈덩이를 아무 말 없이 바라보던 엄마는 조용히 아이들과 함께 눈덩이를 굴리기 시작했다. 하선도 역시 말이 없었다. 그저 엄마와 나란히 서서 눈덩이를 굴리고, 눈을 떠서 눈덩이에 덧붙이고, 두 손으로 눈덩이를 두드렸다. 하윤은 새로운 눈덩이를 굴리기 시작했다. 아빠는 가족들이 눈사람을 만드는 모습을 오래된 필름 카메라로 찍었고 하준은 멀찍이서 가족들을 바라보았다.

마침내 하윤의 키만 한 크기의 눈사람이 완성되었다. 하선은 어디선가 조그만 조개껍데기를 주워 와 눈사람의 눈을 만들어주었다. 입이 없는 눈사람은 즐거워 보이기도 하고, 슬퍼 보이기도 했다. 아빠는 눈사람과 함께 가족사진을 찍자고 했다. 마침 주변에 혼자서 풍경을 찍고 있는 남자가 있어 그에게 사진을 부탁했다. 백발이었지만 얼굴은 어려 보이는 그는 아빠의 필름 카메라를 반가워하며 흔쾌히 부탁을 수락했다.

가족들은 어떻게 자리를 잡을지 주저하다가 결국 눈사람을 중심으로 한쪽에 하윤과 하선, 그리고 엄마가 섰고,

다른 한쪽으로 하준과 아빠가 섰다. 남자는 왼손으로 렌즈를 만지며 초점과 노출을 맞추더니 이내 사진을 찍겠다고 했다. 하선은 오른팔을 하윤의 어깨에 올렸고 엄마는 하선의 뒤에서 가만히 자기 왼손으로 하선의 왼손을 잡았다. 하늘하늘 날리는 눈송이가 가족들의 어깨 위에 내려앉았다. 숫자를 세는 남자의 목소리에 하선과 하윤은 작게 미소를 지었고 찰칵하는 셔터 소리가 겨울의 눈 덮인 해변에서 맑게 울렸다.

하윤은 지갑에서 지갑 크기에 맞게 접은 사진 한 장을 꺼내 소연에게 건네주었다. 소연은 사진을 조심스럽게 폈다. 조명은 노란 가로등 불빛이 전부였지만 사진을 보는 데는 충분했다. 사진 속에는 하얗게 눈으로 덮인 해변 위에 다섯 식구와 눈사람이 나란히 서 있었다. 얕은 심도로 인물에 초점이 맞춰졌고, 배경이 되는 겨울 바다와 회색 구름 가득한 하늘은 희미하고 아련했다. 사진 속 반짝이는 눈발은 마치 부유하는 빛의 가루처럼 보였다. 십 년이 훌쩍 넘은 사진이었지만 퇴색되거나 낡았다는 느낌이 들진 않았다. 오히려 초점과 노출이 정확히 맞아 선명하고 색감이 뛰어난, 감탄을 자아낼 정도로 멋진 사진이었다.

"이번에 가족 앨범을 다시 찾아봤어."

"정말 아름다운 사진이야."

소연이 감탄했다. 하윤은 고개를 끄덕였다.

"아마도 그때 사진을 찍어 줬던 분이 전문 사진작가가 아니었나 싶어. 우리 가족도 인화된 사진을 보고 다들 놀랐어."

소연은 사진 속 하선을 가리키며 하윤에게 누나와 정말 많이 닮았다고 말했다. 하윤은 누나의 얼굴을 물끄러미 바라보았다. 사진 속 하선은 여전히 하윤의 어깨 위에 손을 올리고 다정한 미소를 짓고 있었다.

"예전엔 잘 몰랐는데 요즘 들어 정말 그런 것 같다는 생각이 들어. 나이가 들수록 점점 더 누나를 닮아가는 것 같아."

소연이 돌려준 사진을 하윤은 다시 지갑에 넣었다.

"이때부터 누나가 죽기까지는 많은 시간이 있었는데 앨범에는 이때 이후로 누나와 함께 찍은 사진이 거의 없어. 왜 그랬을까? 더 많은 사진을, 더 많은 기억을 남겨두어야 했는데 말이야. 그게 너무나 아쉬워."

하윤은 지갑을 주머니에 넣고 소연에게 이제 숙소로 돌아가자고 했다. 저녁을 먹었던 식당 근처의 선착장에서 갯배를 타면 숙소까지 금방이었다. 하윤은 소연의 손을 잡고 선착장 방향으로 발걸음을 옮겼다. 은은한 달빛으로 물든 거리에는 파도 소리만 조용히 들려왔다. 하윤은 주머니에 손을 넣어 지갑을 가만히 쥐었다. 오래된 가죽의 부드러운 촉감이 느껴졌다.

"그래도 정말 다행인 것 같아. 이렇게 아름다운 기억이 남아있어서."

*

숙소에 돌아와 하윤은 따듯한 물로 한참 동안 샤워를 했다. 몸을 데우고 나오니 나른하면서도 기분 좋은 피곤함이 몰려왔다. 동시에 어떤 편안함도 함께 느꼈는데, 가슴을 쥐어짜는 것 같던 고통이 일순간에 사라졌을 때 느끼는 편안함과도 같았다.

작은 스탠드 조명 하나만 켜놓았지만 커다란 창을 통해 쏟아져 들어오는 달빛 때문에 방은 그리 어둡지 않았다. 하윤은 창 앞에 서서 바깥을 바라보았다. 건물과 간판, 가로등이 발산하는 다양한 빛의 파장이 어둠 속에서 한데 섞이고 부드럽게 퍼져 도시 전체를 포근하게 감쌌다. 마치 먼 우주의 아름다운 은하처럼 보이는 풍경이었다.

멀리 서쪽 산 위에 달이 떠 있었다. 으두커니 달을 바라보던 하윤의 눈동자에 천천히 달빛이 차올랐다. 하윤은 속초에 오길 잘했다고 생각했다. 그동안 외면하기만 했던 오래된 기억을 다시 마주했기에 앞으로 더 오랫동안 기억할 수 있을 것 같았다. 아니, 그렇게 해야만 하는 기억이라는 것을 깨닫게 되었다. 그 기억이 불러일으키는 미안함과 그리움의 감정은 앞으로도 계속해서 하윤의 마음을 어지럽히겠지만 그렇기에 끊임없이 과거의 자신을 반성하고 용서할 수 있을 것 같았고, 무엇보다 누나를 진심으로 애도할 수 있을 것 같았다.

하윤의 옆으로 다가온 소연이 하윤의 어깨에 머리를 기댔다. 자신이 이곳에서 두려워하지 않고 과거를 직면할 수 있었던 건 바로 소연과 함께였기 때문이라는 걸 하윤도 잘 알았다. 그래서 소연에게 고마웠다. 하윤은 몸을 돌려 소연을 바라보았고 소연도 하윤을 바라보았다. 따스한 달빛이 두 사람을 아늑하게 감쌌다.

"오빠가 왜 속초에 함께 오자고 했는지 알 것 같아."

하윤은 소연의 이마에 입을 맞추고 두 팔로 꼭 안았다.

그날 밤, 하윤은 침구의 서늘하면서도 사각거리는 촉감을 느끼며 그 어느 때보다 빠르게 잠이 들었다. 그리고 잠의 가장 깊은 곳에 도달했을 때, 꿈을 꾸었다.

하윤은 연못 앞에 서 있었다. 연못에는 여전히 기억의

덩어리가 떠 있었지만 움직임은 없었고 연못의 수면은 어떤 흔들림도 없이 거울처럼 매끈했다. 하윤은 수면 위를 걸어 연못의 한가운데를 향해 천천히 다가갔다. 발걸음이 수면에 닿을 때마다 작은 물결들이 퍼져나갔다. 하윤은 자신이 물 위를 걷고 있다는 사실이 놀랍거나 신기하다고 생각하지 않았다. 그것은 당연하게 느껴졌다.

연못의 한가운데에 도착한 하윤은 두 팔로 기억의 덩어리를 조심스럽게 들어 올렸다. 무게감은 전혀 느껴지지 않았다. 내부에는 아무것도 없었고 투명한 공백 너머로 덩어리를 받치고 있는 두 팔만이 보였다. 하윤은 덩어리를 살며시 끌어안고 눈을 감았다. 그 순간 덩어리는 환한 빛으로 부서지며 하윤의 온몸으로 스며들었다. 잠시 후, 하윤은 눈을 뜨고 오른손을 펼쳐보았다. 손바닥 안에는 눌러서 말린 노란색 소국이 있었다.

장소가 바뀌어 하윤은 어린 시절 살던 집의 현관 앞에 서 있었다. 현관문을 열면 어떤 풍경이 펼쳐질지 하윤은 이미 알았다. 손을 뻗어 조심스럽게 현관문을 여니 중문 창 너머로 하선의 뒷모습이 보였다. 하윤은 한참 동안을 망설이다 중문을 밀고 들어섰다. 누나를 부르지는 않았다. 불러도 대답이 없을 거라는 걸 알았다. 천천히 하선의 곁으로 가 나란히 선 하윤은 조심스럽게 고개를 돌려 누나를 바라보았다.

누나의 머리엔 얼굴이 있었다. 하윤을 향해 작게 미소 짓는 고요하고 맑은 표정이 그곳에 있었다. 하윤도 함께 미소 지었다. 그리고 누나의 손을 잡으며 말했다.

"괜찮아. 이제는 정말."

두 사람의 곁에 눈사람이 있었다. 열다섯 살 하윤의 키만 한 눈사람이 조개껍데기 눈으로 두 사람을 바라보았다. 하윤은 오른손으로 쥐고 있던 소국을 눈사람의 입이 있어야 할 자리에 살며시 눌러 붙였다. 이제 눈사람에겐 입이 생겼지만 여전히 즐거워 보이기도 했고, 슬퍼 보이기도 했다. 하지만 하윤은 아무 상관 없다고 생각했다.

하선과 하윤, 그리고 눈사람이 그해 겨울 눈 덮인 해변에 나란히 섰다. 파도 소리와 함께 어딘가에서 카메라 셔터 소리가 들려왔다. 하윤은 그 소리를 들으며 지금 이 순간을 오랫동안 기억할 거라고 꿈속에서 다짐했다.

---

*이 소설은 『어스』(2022, 그런 의미에서)에 수록되었던 작가의 동명 소설을 일부 수정한 것이다.

파도에 몸을 맡기고

그리고 깨달았다. 내가 몸을 맡긴 파도는 어딘가로 날 데려다준다는 것을. 그곳은 분명 다시 시작할 수 있고, 다시 살아갈 수 있는 곳이다. 만약 그렇지 않다 해도 걱정할 건 없다. 그저 주저하지 말고 또다시 파도에 몸을 맡기면 된다. 그거면 충분하다.

파도에 몸을 맡기고

창밖에서 들려오는 바람 소리가 예사롭지 않았다. 며칠째 계속되는 강한 바람이었다. 길 건너 붉은 벽돌 담장 위로 빼꼼히 드러난 침엽수의 끄트머리는 바람이 불 때마다 연신 흔들렸고, 골목을 간간이 지나가는 사람들은 휘날리는 머리칼과 머플러, 그리고 외투 자락을 바쁘게 정리해야만 했다.

창밖의 풍경은 마치 태풍이 상륙했을 때 뉴스에서 흔히 볼 수 있는 영상 속 모습과 비슷했다. 사정없이 펄럭이는 현수막, 부러질 듯 휘어진 가로수의 나뭇가지, 이리저리 날리는 자질구레한 것들, 그리고 몸을 한껏 움츠린 채 위태롭게 걸어 다니는 행인들. 영상에는 바람의 위력이 극적으로 시각화되어 있었다.

물론 지금 부는 바람의 위력이 그 정도는 아니었고, 결정적으로 영상 속 풍경과 창밖의 풍경은 계절이 달랐다. 영상 속 계절은 보통 여름이어서 가로수는 초록 잎이 무성했고 사람들의 옷차림은 가벼웠다. 하지만 지금은 이제 막 3월이 시작된 시점이었다. 나뭇가지에 싱그러운 초록 잎이 돋아나기엔 아직 시간이 더 필요했고, 행인들의 옷차림도 겨울을 벗어내지 못해 무겁고 어두웠다.

하지만 시간이 조금만 더 지나면 차가운 공기는 완전히 물러나고, 모든 게 새롭게 깨어나는 완연한 봄이 미처 깨닫기도 전에 곁에 다가와 있을 것이다. 지후는 카페의 창가 자리에 앉아 물끄러미 바깥 풍경을 바라보며 어쩌면 봄이 오기 위해, 겨우내 메마른 껍데기 안에 생기 가득한 에너지가 다시 채워지기 위해 이토록 매서운 바람이 부는지도 모르겠다고 생각했다. 마치 새로운 시대가 시작되기 위해선 거대하고 격렬한 혁명의 폭풍이 지나가야 하는 것처럼.

카페 안의 분위기는 너무나 차분해 바깥과 대조적이었다. 조용한 동네의 골목에 자리 잡은 카페는 평일 낮 시간대엔 유독 더 한산했고, 그래서 차분하게 흐르는 음악이 더욱 명료하게 들렸다. 카페에 설치된 오디오 시스템과 음악 선곡은 지후가 이곳을 자주 찾는 이유 중 하나였다. 전문적인 지식이 있는 건 아니었지만 카페 한쪽에 자리 잡은 커다란 스피커와 앰프가 꽤 고가 브랜드라는 것 정도는 알았다. 훌륭한 음질로 재생되는 클래식이나 재즈, 포크 록 등을 듣고 있으면 이 카페가 음악에 많은 신경을 쓴다는 걸 알 수 있었고, 지후는 그러한 점이 마음에 들었다.

지후가 이 카페를 발견한 건 올해 초, 퇴근 후 집에 가는 길이었다. 평소 같았으면 지하철에서 내려 버스로 환승했을 테지만 그날 지후는 버스를 타지 않고 걸어가는 것을 선택했다. 겨울밤의 차가운 바람과 온몸을 짓누르는 무거운 피로감에도 불구하고 버스로 세 정류장 거리를 걷자고 생각한 건, 바로 하늘에 떠 있던 달 때문이었다.

축 처진 몸을 이끌고 지하철 출구로 올라와 무심코 하늘을 올려다본 지후는 보름에 거의 가까운, 아래가 살짝 이지러진 달을 보았다. 마치 어둠 속에 홀로 켜진 작은 전구처럼 달은 따듯하면서도 동시에 서늘하고 외롭게 빛났다. 가만히 멈춰 서서 달을 응시하던 지후의 눈동자에 서서히 달빛이 차올랐고, 지후는 조금 이상한 기분에 휩싸였다. 말랑한 듯 보드라운, 그러면서도 축축한 듯 끈적한 무언가가 자신을 에워싸는 기분. 그 순간 지후는 평소 거의 걸을 일이 없었던, 걸을 생각조차 하지 않았던 동네 골목을 걸어서 집에 가자고 결심했다. 걸으면서 그 기분을 떨치고 싶어서였는지, 아니면 계속해서 느끼고 싶어서였는지 자신도 알 수 없었다.

언제 시작될지 모를 재개발만을 하염없이 기다리며 하루하루 늙어가는 오래된 주택들 사이로 끝없이 이어진 좁은 골목길은 마치 미로와 같았다. 지후는 집으로 간다기보다는 그저 발길 가는 대로 천천히 골목길을 부유했다. 그렇게 특정한 방향성 없이 걷던 중 어느 골목길에 접어들었을 때, 적막한 어둠 속에서 홀로 고요하게 빛을 밝히고 있는 곳이 보였다. 다가가 보니 그곳은 카페였다. 카페 앞에 서서 한동안 안을 바라보던 지후는 문을 열고 따스한 노란빛이 가득한 안으로 들어갔다.

지후를 안으로 이끈 건 여기까지 걸어온 것과 마찬가지로 달이었다. 하늘에 떠 있는 달은 아니었다. 카페 안에는 두 개의 달이 떠 있었다. 하나는 천장에 매달린 달처럼 둥근 커다란 조명이었고, 다른 하나는 벽에 걸린 액자 속 사진에 있는 보름달이었다. 지후는 두 개의 달을 바라보다 마치 신비한 힘에 이끌리듯 자신도 모르게 카페에 들어가게 되었다.

그렇게 우연히 발견한 카페는 지후가 퇴근 후 특별한 일정이 없으면 종종 들러 시간을 보내는 장소가 되었다. 처음 방문한 날 앉았던 창가 자리는 지후가 가장 좋아하는 자리였다. 그곳에 앉아 향이 좋은 핸드드립 커피를 마시고, 좋은 음질의 음악을 듣고, 조금은 멍하니 창밖을 바라보거나 사진 속 보름달을 바라보며 시간을 보냈다. 그러면 온종일 어지럽게 일렁이던 마음도 그 시간만큼은 잔잔해지는 것 같았다. 지후에겐 카페에서 보내는 시간이 자신만의 안락과 구원의 시간이었다.

*

맡은 업무를 정해진 기한 내에 어떻게든 마무리하려고 야근과 주말 근무를 쉼표 없이 반복하다 보면 날짜를 인지하는 감각은 무뎌지게 된다. 일부러 달력을 확인하지 않는 이상 흐릿해진 요일의 경계를 구분하기 어려워진다. 월요일이 금요일 같고, 금요일이 월요일 같은 느낌이라고 할까? 아니, 월요일이 매일 반복된다고 하는 게 분명 더 적확한 표현일 것이다.

그렇게 며칠 동안 모든 기력을 짜내 업무를 마무리하고 나면 그에 따른 보람이나 뿌듯함을 기대할 수도 있겠지만, 그렇지 않을 수도 있다. 이런 생각이 먼저 들지도 모른다. 도대체 무엇을 위해 이렇게까지 고생해야 하지? 왜 이렇게 살아야 하는 거지? 나에게 돌아오는 게 뭔데? 그리고 이러한 생각 끝에 밀물처럼 밀려오는 헛헛함과 허무함에 무기력하게 잠겨 허우적거리게 될지도 모른다.

지금 지후의 상태가 그러했다.

지후는 회사가 올해 반드시 수주하기 위해 사활을 건 프로젝트의 제안서를 작성하는 작업에 지난 2주 동안 하루도 쉬지 못하고 붙들려 있어야만 했다. 짧다면 짧고 길다면 긴 2주의 시간 동안 지후는 정말 글자 그대로 먹고 싸고 자는 시간을 제외하면 사무실의 책상과 한 몸이 되어 있었다. 심지어 먹고 싸고 자는 순간조차도 온전히 누리지 못하는 경우가 허다했다.

그리고 마침내 작업이 마무리되었을 땐 이미 지후는 온몸을 뒤덮은 끈적한 허무함에 완전히 잠식당해 버린 상태였다. 날짜 감각은 희미했고 생활 리듬은 엉망이었다. 몸은 젖은 빨래 마냥 무겁게 쳐졌고 자신도 모르게 정신 나간 사람처럼 멍하니 있는 경우가 빈번했다. 온종일 맥없이 흐느적거리고 있는 모습은 마치 죽었지만 살아있는 영화 속 좀비와 크게 다르지 않았다. 시간이 지나도 상태는

좀처럼 회복되지 못했다.

제안서 작업이 처음은 아니었다. 입사 이후로 다섯 해가 지나는 동안 여러 차례 해봤던 작업이었고, 그만큼 이미 충분히 익숙한 작업이었다. 그렇다고 이번 작업이 전보다 더 어려웠던 것도 아니었다. 사실 지후는 단순히 업무 때문에 이렇게 힘든 게 아니라는 것을 잘 알고 있었다.

이 지독한 후유증의 원인은 바로 지난 연말부터 지후의 마음속에 피어난 어떤 의심 때문이었다. 작은 씨앗일 뿐이었던 그 의심은 어느 순간 움찔대며 뿌리를 내리고 맹아를 싹틔우더니, 이윽고 빠르게 줄기를 뻗으며 지후의 마음을 어수선하게 만들었다.

작년 가을까지만 해도 지후는 자신이 하는 일은 아무래도 상관없다고 여겼다. 아무 일이나 해도 괜찮다는 의미는 아니었다. 굳이 자신이 좋아하거나 하고 싶은 일이 아니라도 상관없다는 의미였다. 자신의 능력으로 할 수 있는 일을 통해 일정 수준 이상의 보수만 보장된다면, 그래서 삶에 경제적 기반을 마련해 주는 하나의 기능적 수단만 될 수 있다면 그것으로 충분하다고 생각했다. 즐거움과 행복이라는 감정은 일에서 느끼는 게 아니라 일을 통해 얻게 되는 경제적 기반으로 누리는 삶에서 느끼는 거라고 여겼다. 일하면 돈을 벌 수 있고, 돈으로 원하는 걸 하면 행복할 수 있다. 지후는 이 단순 명료한 명제를 신뢰했다. 여기에서 일의 종류나 좋고 싫음은 전혀 중요하지 않았다. 방점은 후자에 찍혀있었다.

그렇기에 아무리 야근을 밥 먹듯 해도, 또 아무리 회사 일이 힘들고 지루하더라도 지후는 어떻게든 그 시간을 흘려보낼 수 있었다. 그렇게 근무 시간을 잘 버텨내고 퇴근하면 나머지 시간은 자신이 좋아하고 해보고 싶던 일들로 빈틈없이 채웠다. 악기를 배우고 운동을 했다. 그림을 그렸고 글을 쓰기도 했다. 주기적으로 해외여행을 떠났고, 다양한 장르의 공연과 전시를 관람했으며, 딱히 필요는 없지만 괜히 좋아 보이는 값비싼 물건들로 집안을 차곡차곡 채웠다. 이러한 행위들이 삶을 충만하게 하고 만족스럽게 만들어 준다고 믿었다. 그래서 지후는 그 누구보다 부지런하게 일 외적인 삶을 즐기려 노력했다.

그런데 그토록 견고했던 믿음이 지난 연말부터 조금씩 흔들리더니 이윽고 희미한 균열이 생기기 시작했다. 어떤 계기로 의심이 생겼는지는 알지 못했다. 그저 기척도 없이 자란 의심의 덩굴이 자신의 마음속을 온통 뒤덮었다는 사실을 어느 순간 알아차렸을 뿐이었다.

무성하게 줄기를 뻗은 의심의 핵심은 바로 이것이었

다. 짧은 행복의 시간을 위해 그보다 훨씬 더 긴 시간을 행복하지 않은 상태로 보내는 게 과연 맞는 것인가? 하루의 절반 가까운 시간을 그저 견디고 버텨내야지만 순간일지도 모를 즐거움을 누릴 수 있다는 건 너무 불공평한 것 아닌가?

의심 가득한 눈으로 자신의 일상을 돌아보니 문득 공허해지고 선득해졌다. 과연 이게 맞는 걸까? 과연 나는 계속해서 이렇게 살 수 있을까? 어쩌면 지금까지 믿어온 삶의 본질과 태도를 뒤흔들 수도 있는 질문이었지만, 지후는 어떤 대답도 자신 있게 할 수 없었다.

지후의 고민을 알게 된 한 직장 동료는 지후에게 이렇게 말했다.

"일종의 투자와 수익 개념이라고 보면 어떨까? 행복하지 않은 시간을 투자해야 행복한 시간을 돌려받는 거지. 그런데 그 투자의 수익률이 원래부터 바닥 수준인 거야. 10을 투자하면 1을 돌려받는. 그러니 그렇게 문제 같지도 않은데? 마이너스가 아닌 게 어디야."

또 다른 동료는 사람들 대부분이 그렇게 살고 있으니 심각하게 고민할 필요 없다고도 했다.

"즐겁고 행복한 시간으로만 가득 채운 삶이 가능은 할까? 만약 가능하다 쳐도 그건 정말 극소수 특별한 사람들만의 이야기지, 너나 나 같은 극히 평범한 사람들에겐 해당 없을걸."

어느 날 회식 자리에서 지후의 고민을 들은 선배는 취해서 술이 벌겋게 오른 얼굴로 삶이라는 양팔 저울의 균형이 원래 그렇게 맞춰지는 거라고 했다. 지후는 그게 무슨 의미냐고 물었다. 선배는 마른오징어를 신경질적으로 씹으며 말했다.

"삶이라는 저울이 원래 씨발 좆같거든. 한쪽에 불행을 좆같이 많이 올리고 반대쪽에 행복을 좆만 하게 올려야 균형이 맞는 거라고. 그런데 너처럼 불행과 행복을 균등하게, 아니 불행 요만큼에 행복 이따만큼 올리려고 하면, 저울의 균형이 맞겠냐? 균형이 안 맞는 저울은 아무짝에도 쓸모가 없는 거야. 결국 좆되는 거라고."

주변 사람들의 얘기는 지후에게 아무런 도움도 되지 않았다. 모든 소리가 다 웃기지도 않는 헛소리 같았다. 하지만 아니라고 확실하게 반박하지도 못했다. 자신도 무엇이 맞는 건지 알 수 없었다.

이번 제안서 업무는 이렇게 마음이 온통 뒤숭숭할 때 시작되었다. 처음 업무를 배정받았을 땐 2주 정도 일에만 매몰되다 보면 고민과 의심들이 잠잠해질지도 모르니 오히려 잘됐다고 생각했다. 하지만 생각과 다르게 제안서 작업이 시작된 이후에도 마음속 고민과 의심은 사그라지지 않았다. 도리어 더 커지고 더 짙어져 지후를 괴롭게 만들 뿐이었다.

지후는 이 후유증이 쉽게 사라지지 않을 거란 걸 직감했다. 그대로 내버려 두면 자신을 계속해서 괴롭히는 불치병이 될 것 같았다. 그러니 그렇게 되기 전에 치료가 필요했다. 하지만 어떻게 치료해야 할지 구체적인 방법은 알 수 없었다. 어쩌면 모든 걸 새롭게 다시 시작해야 할지도 모른다는 생각이 희미하게 들었다. 만약 그게 가능하다면.

*

지후는 손목시계를 보고 카페에 들어온 지 벌써 두 시간이 되었다는 걸 깨달았다. 커피는 진작 다 마셔 잔 밑바닥에는 이미 말라버린 옅은 갈색의 흔적만 남아있었다. 거센 바람이 부는 바깥 풍경을 바라보는 것도, 이런저런 가십 기사를 읽는 것도, 꼬리를 물고 계속 이어지는 비슷한 영상을 보는 것도 슬슬 지겨웠다. 습관적으로 접속한 패션 편집숍에 업데이트된 옷과 신발을 한참 동안 훑어보았지만 눈에 들어오는 상품을 장바구니에 담아두기만 했을 뿐

구매는 하지 않았다. 이렇게 시간을 보내는 게 갑자기 아깝게 느껴져 뭐라도 써볼 생각으로 태블릿을 꺼내 메모장을 열었지만 빈 화면에 깜빡이는 커서를 바라보고 있으니 머릿속도 비어버린 듯 아무 생각도 떠오르지 않았다.

지후가 평일 낮에 카페에 온 건 처음이었다. 그동안 항상 퇴근 후에만 왔기 때문에 바깥은 완전한 어둠이었고 카페 안은 조명이 발하는 아늑한 노란 빛으로 가득했다. 그래서 오늘처럼 한낮의 실내와 창밖으로 보이는 골목 풍경이 조금 생경하게 느껴지기도 했다.

오늘과 내일 이틀간 쉬겠다고 하니 팀장은 지후에게 어디 여행이라도 가는지 물었다. 별다른 계획 없이 정말 아무것도 하지 않고 쉴 거라는 지후의 대답에 그는 고개를 살짝 갸웃했지만 추가 질문은 하지 않았다. 특별한 사유 없이 이틀이나 휴가를 사용하는 건 회사에서 그리 흔한 경우는 아니었기에 조금 걱정도 됐지만 다행히 무난하게 승인되어 지후는 안도했다.

지친 심신에 휴식이 필요한 것도 분명 휴가의 이유였지만, 진짜 이유는 잠시라도 업무에서 벗어나 자신의 일상을 천천히 돌아보고 싶어서였다. 온갖 계획으로 빽빽하던 삶을 잠시 멈추고 온전히 자신의 시간을 보내며 지금 어떻게 살고 있는지, 앞으로는 어떻게 살아가야 하는지, 삶의 모습에 변화를 줘야 하는 건 아닌지 생각할 시간을 갖고 싶었다. 그랬기에 휴가를 내자고 생각했을 때부터 최소한 하루는 이 카페에서 시간을 보내겠다고 다짐먹었다. 여기에서는 자신이 기대했던 온전한 여유와 사색의 시간을 가질 수 있을 것 같았다. 카페는 지후에게 이미 그만큼 편안하고 소중한 장소였다.

지후는 커피를 한 잔 더 마시고 싶어 자리에서 일어나 빈 커피잔을 들고 주문하는 곳으로 갔다. 낮은 스툴에 앉아 얇은 문고본을 읽고 있던 사장은 자리에서 일어나 지후를 맞았다. 빈 커피잔을 바 테이블 위에 올려놓고 메뉴에 적혀있는 커피 리스트를 한참 동안 유심히 살펴보던 지후는 결국 사장에게 추천을 부탁했다. 사장은 달콤한 열대과일의 풍미가 있는 커피를 마셨으니 이번에는 조금 묵직하고 향이 짙은, 클래식한 느낌의 커피는 어떠냐고 물었다. 지후는 좋다고 했다.

"이 시간에 오신 건 처음이시죠?"

단말기에 주문을 입력하며 사장이 지후에게 물었고, 지후는 오늘 휴가를 냈다고 말했다. 그동안 서로 인사 외엔 대화가 없었기에 이번이 둘 사이의 첫 대화였다. 지후의 대답에 사장은 카페를 시작한 이후로 지금까지 일주일에 하루 있는 정기 휴일을 제외하곤 쉬어본 적이 없다고 했다.

"직장인들에게 휴가가 있다는 게 정말 부러워요. 예전엔 그걸 몰랐죠."

지후는 사장에게 직장 생활을 하셨던 거냐고 물어볼까 하다가 그냥 뭐 그렇죠, 라고만 말하고 작게 웃어 보였다. 사장은 카드와 영수증을 건네며 커피는 자리로 가져다주겠다고 했다.

자리로 돌아온 지후는 카페 사장의 삶을 상상해 보았다. 아침부터 수많은 사람들 사이에서 부대끼며 출근할 필요도 없고, 상사 눈치에 스트레스를 받지 않아도 되며, 야근도 없이 자신이 좋아하는 음악과 함께 커피 향 가득한 공간에서 시간 날 때마다 조용히 책을 읽곤 하는 삶. 그런 삶이야말로 자신이 원하고 좋아하는 것으로만 가득 채운 삶일지도 모른다는 생각이 들었고, 그러자 직장인에게 고작 휴가가 있다는 게 부럽다는 사장의 말이 크게 와닿지는 않았다.

새롭게 내린 커피가 담긴 커피잔이 지후 앞에 놓였다. 은은하게 퍼지는 커피 향이 너무나도 향긋해 지후는 자기도 모르게 눈을 감고 향을 음미했다. 커피를 한 모금 마시자 쌉싸름하면서도 고소한, 마치 다크초콜릿 같은 맛이 느껴졌다. 만족스러운 맛에 지후는 작게 소리 내어 감탄했다. 그리고 문득 그런 생각을 했다. 사람들은 타인의 삶을 그저 겉모습만으로 판단하기 때문에 부러워하는 것일지도 모른다는 생각. 자신이 부러워한 카페 사장의 여유로워 보이는 삶도 실상은 어쩌면 모든 걸 혼자 결정하고 추진해야 하며 불규칙한 소득에 매번 불안함을 느끼는 치열하고 힘겨운 삶일지도 몰랐다. 또 반대로 카페 사장이 부러워한 자신의 삶은 보장된 휴가를 마음껏 쓰는 것처럼 보였겠지만, 겨우 하루 이틀 휴가를 쓰는 것에도 업무의 책임감과 연속성을 이유로 대놓고 눈치를 받는다는 걸 아마도 그는 모를 것 같았다. 결국 서로의 삶을 부러워하는 건 정말 부질없는 짓일지도 몰랐다.

"커피 맛은 괜찮나요?"

생각에 빠져있던 지후의 곁에 어느새 다가와 있던 사장이 살며시 물었다. 깜짝 놀란 지후는 바보 같은 표정으로 정말 맛있다고 답했다. 사장은 다행이라고 말하고는 손에 들고 있던 걸 테이블 위에 올려놓았다. 하나씩 비닐 포장이 된 큼지막한 쿠키 두 개였다.

"오늘 구운 거예요. 맛 한번 보세요."

지후는 감사하다고 한 뒤 잠시 틈을 두었다가 빈 의자를 가리키며 사장에게 괜찮으면 잠시 앉으라고 권했다. 미리 생각했던 건 아니고 자신도 모르게 순간적으로 나온 말이었다. 아마도 그동안 사장과 친해지고 싶다는 생각만 하고 있었는데 카페에 단둘만 있는 지금이 기회라고 여겼던 건지도 몰랐다. 사실 지후는 사장과 인사를 주고받기 시작했을 때부터 그와 더 가까워지고 싶었다. 수려한 외모도, 카페와 닮은 차분한 분위기도, 음악을 선곡하는 취향도 묘하게 호기심을 갖게 했다. 나이는 정확하게 어림할 수 없었다. 삼십 대 중후반처럼 보이기도 했고, 어떻게 보면 자신과 비슷한 삼십 대 초반이라고 해도 이상하지 않을 것 같았다. 그만큼 성숙하면서도 어려 보이는 표정이 그의 얼굴엔 공존했다.

사장은 지후의 제안에 별다른 주저함 없이 흔쾌히 좋다고 했다. 그러고는 자신의 텀블러를 가지고 와 지후 건너편 의자에 앉았다. 막상 마주 앉으니 서먹하긴 했다. 지후가 무슨 말을 해야 하나 고민하고 있을 때 마침 스피커에서 지후가 좋아하는 〈장기하와 얼굴들〉의 음악이 흘러나왔다.

"이 밴드 좋아하세요?"

사장은 고개를 끄덕였다. 지후는 반가워하며 자신도 무척 좋아하는 밴드라고 말했다.

"항상 느끼는 거지만 카페에서 흐르는 음악들이 정말 전부 다 좋아요."

사장은 자신이 음악 선곡에 신경을 많이 쓰는 편인데 다행히도 손님들이 좋아해 주셔서 감사하고 뿌듯하다고 했다. 음악 얘기가 계기가 되어 이런저런 두서없는 대화를 나눌 수 있었다. 지후는 사장과 조금은 가까워진 것 같은 기분을 느꼈다.

"그런데 만약 휴가를 사용할 수 있다면 뭘 제일 하고 싶으세요?"

아까 계산할 때 잠깐 나눴던 이야기가 떠올라 지후가 사장에게 물었다. 사장은 잠시 고민했다.

"뭐, 특별한 건 없어요. 그냥 계획 없이 버스를 타고 어디론가 훌쩍 떠나도 좋을 것 같고. 오랫동안 못 만났던 친구들을 만나도 좋을 것 같고. 아니면 아무것도 안 하고 집에만 있어도 좋을 것 같아요."

지후는 어디론가 떠날 때 꼭 버스여야만 하냐고 물었고, 사장은 웃으며 그런 건 아니라고 했다.

"그냥 제가 버스 타고 어디론가 가는 걸 좋아해요. 왠지 버스가 기차보다 바깥 풍경을 더 오래 볼 수 있는 것 같아서요. 그리고 휴게소에 들리는 재미도 있고."

지금까지 단 한 번도 계획 없이 여행해 본 적이 없는 지후는 즉흥적으로 떠나는 여행이 어떨지 상상할 수 없었다. 하지만 왠지 흥미로울 것 같긴 했다.

"만약 휴가를 쓰게 된다면 아무에게도 그 사실을 알리지 않을 거예요."

사장의 말에 지후는 그건 왜냐고 궁금해했다.

"그래야 그 시간이 온전히 저만의 시간이 될 수 있을 것 같거든요. 혼자서만 알고 있는 나만의 시간."

아무에게도 알리지 않고 온전히 자신만의 시간을 즐긴다는 사장의 말이 지후는 꽤 멋지다고 생각했다. 회사에서 휴가를 공식적으로 허락받아야만 하고 전 직원에게 일정이 공유되는 자신은 불가능한 조건이었다. 그러자 나만 알고 있는 온전한 휴식을 보낼 수 없다는 게 갑자기 억울하고 서글프게 느껴졌다.

"그렇다면 이제 만약 아무런 공지 없이 카페 문이 닫혀 있으면 아쉬워하지 말고 진심으로 반가워해야겠어요. 사장님의 바람이 이루어진 거니까."

"그렇게 생각해 주시면 감사하죠."

웃으며 답한 사장은 어깨를 한 번 으쓱하고는 아마 금방 이루어지진 않을 것 같다고 했다. 지후는 잠시 생각하다가 말했다.

"언젠가는 이루어질 거예요. 그렇게 믿고 있으면 생각보다 금방 이루어질지도 모르고요."

잠시 대화가 끊기고 둘 사이엔 침묵이 찾아왔다. 음악

은 어느새 바뀌어 여성 보컬의 담담한 목소리가 조용히 흘러나왔다. 지후는 커피를 한 모금 마셨고, 사장도 텀블러의 음료를 한 모금 마셨다.

"계획 없이 떠난다고는 하셨지만, 그래도 평소에 가보고 싶은 곳 없으셨어요?"

지후의 질문에 사장은 시선을 허공으로 향하더니 다시 천천히 지후의 뒤편으로 옮겼다. 시선이 닿은 곳엔 바다 위에 뜬 보름달을 찍은 사진이 걸려 있었다. 사장은 사진에 시선을 고정한 채 말했다.

"어릴 적부터 바다를 좋아했는데, 마지막으로 바다를 본 게 언제인지 기억도 나질 않아요. 만약 어디론가 떠난다면 바다가 있는 곳이면 좋겠어요."

"바다를 좋아하는 특별한 이유가 있나요?"

"음, 글쎄요."

텀블러 뚜껑을 열고 한 모금 더 음료를 마신 사장은 미간을 살짝 찡그렸다. 요새 건강에 좋다고 해서 레몬 물을 마시고 있는데 적응이 쉽지 않다며 웃었다.

"바다를 좋아하는 이유는, 아마도 파도 때문이었던 것 같아요."

"파도요?"

"네. 파도의 끊임없는 움직임을 그냥 가만히 바라보는

걸 좋아했어요. 밀려오고, 부서지고, 또다시 밀려오고. 아무리 오랫동안 보아도 질리지 않았죠. 마치 멈추지 않고 계속 이어지는 삶의 모습 같다는 생각이 들어서 더 그랬던 것 같아요."

거대한 바다, 출렁이는 파도, 끊임없이 밀려오는 삶, 그리고 그 앞에 서 있는 한 사람. 지후는 파도가 치는 바다의 풍경을 상상했고, 그러자 갑자기 바다가 보고 싶어졌다. 그때 카페 문이 열리며 손님이 들어왔다. 사장은 지후에게 이제 일어나야겠다는 눈인사를 한 뒤 텀블러를 들고 손님을 맞으러 갔다.

지후는 사장이 놓고 간 쿠키 중 하나의 포장을 뜯어 한 입 베어 물었다. 부드러우면서도 달콤한 초콜릿 맛이 진하게 느껴졌다. 쿠키 맛에 만족하며 무심코 창밖을 바라보니 건너편 담장 위로 보이는 나무는 아직도 바람에 흔들리고 있었다.

세차게 부는 바람에 나무가 할 수 있는 건 그저 흔들리는 것 말고는 없겠구나.

지후는 나무가 가엾다는 생각이 들었다. 하지만 곧, 어쩌면 저렇게 바람을 타며 유연하게 흔들리기 때문에 꺾이지 않는 건지도 모른다는 생각이 들었다.

힘주어서 맞서지 말고 그냥 몸을 맡겨야 하는 건가.

지후는 흔들리는 나무를 가만히 바라보며 남은 쿠키를 천천히 먹었다.

*

지후가 다음 날 아침 일찍 버스터미널로 향한 건 지난밤 잠들 때까지도 전혀 계획하지 않았던 일이었다. 아침에 눈을 떠 오늘 하루는 어떻게 보내볼까 생각하다가 카페 사장이 했던 말이 떠올라 즉흥적으로 결정한 것이었다. 이렇게 아무 계획도 없이 무작정 어딘가로 떠나보는 게 처음이라 걱정이 되기도 했지만, 마치 미지의 세계로 향하는 것 같아 조금 흥분되기도 했다.

터미널에 도착해 어디로 갈까 고민하던 지후는 어제 바다가 보고 싶어졌던 걸 떠올리고 목적지로 바다와 가까운 곳을 찾아보았다. 수많은 지명 중 특별한 이유도 없이 속초가 눈에 들어왔고, 지후는 고민 없이 속초행 버스표를 끊었다.

서울에서 두 시간 조금 넘게 이동해 속초 고속버스터미널에 도착했다. 날씨가 흐려서 그런지 속초의 공기가 서늘하게 느껴져 지후는 간절기용 코트의 지퍼를 끝까지 올리고 몸을 한껏 움츠렸다. 불어오는 바람에서 매캐한 탄 냄새가 희미하게 느껴져 주위를 둘러보았는데 뭔가를 태우는 듯한 모습은 발견할 수 없었다.

시간은 이미 점심시간이었지만 출발하기 전 먹은 토스트 때문인지 배가 고프지는 않았다. 평소 같았으면 지역의 맛집을 샅샅이 조사해 배가 터지기 직전까지 의무적으로 먹었을 텐데 이번엔 정말 아무런 계획이 없었다. 그래서 돌아다니다가 배가 고파지면 그때 가서 아무 식당이나 들어가 먹기로 했다.

지후는 지도 앱을 열어 속초해변까지 가는 길을 확인했다. 걸어서 십 분도 걸리지 않는 거리였다. 의도하지 않았는데 운 좋게 터미널과 해변이 가까운 곳이 선택된 것에 지후는 기분이 좋았다.

터미널 주변도 그렇고 해변까지 가는 길에도 고층 아파트들이 적잖게 보였다. 적어도 20층은 훨씬 넘어 보이는 아파트들은 낮은 건물들 사이로 듬성듬성 솟아 더욱 대조적으로 보였다. 지후는 어두운 그림자를 드리운 채 압도적으로 서 있는 아파트들의 모습이 마치 소인국에 침략한 거인 같다는 상상을 했다. 그리고 문득 저 아파트의 가장 높은 층에 사는 사람에게는 과연 무엇이 보일지, 낮은 곳에 사는 사람들보다 세상을 더 멀리 볼 수 있을지 궁금했다. 아마도 낮은 곳의 사람보다 더 먼 바다까지 볼 수 있는 건 분명할 것 같았다. 하지만 가까운 주변의 모습은 오히려 보기 힘들지도 몰랐다. 지후는 무엇이 좋은 건지 잠시 생각해 보았지만 답을 내리진 않았다.

바다에 가까워지면서 가장 먼저 눈에 들어온 건 대관람차였다. 하얀색 철제 프레임에 중심이 고정된 거대한 바퀴에는 사람들이 타는 색색의 구 형태 구조물이 마치 한 알 한 알 맺힌 열매처럼 달려 있었다. 아직 정식으로 운행을 시작하지 않은 대관람차는 마치 압도적 크기의 설치미술 작품처럼도 보였고, 또는 무언가를 기리기 위해 만든 고대의 거대 건축물처럼도 보였다. 지후는 대관람차 앞에 멈춰 서서 한참 동안 올려다보고 사진도 찍은 뒤 다시 바다를 향해 발걸음을 옮겼다.

바다가 눈에 들어오면서 차가운 공기에 실린 옅은 바다 냄새가 느껴졌다. 눅눅하고 비릿한 내음이 느껴진 순간 지후는 어떤 기억이 아스라하게 떠올랐는데 그게 무슨 기억인지 구체적으로 알 수 없었다. 마치 흐릿하고 뭉개진 글자가 어둠 속에서 짧게 점멸하다 순식간에 사라져 버린 것 같은 기분이었다. 다시 떠올려 보려 애써보았지만 사라진 글자는 다시 나타나지 않았다. 지후는 자신도 어떻게 할 수 없다는 듯 어깨를 으쓱했다.

바람이 잠잠해서인지 바다는 평온했고, 해변으로 밀려와 묵직한 소리를 내며 부서진 파도는 하얀 포말로 흩어졌다. 지후는 파도가 거의 바로 앞까지 다가오는 곳에 서서 멀리 수평선을 바라보았다. 하늘에 겹겹이 포개진 회색빛 구름 사이로 가느다란 햇살이 수평선 부근에 쏟아졌고, 그 근처에서 작은 어선이 아주 천천히 움직였다.

지후는 한참을 서 있다가 모래 위에 그대로 엉덩이를 대고 앉았다. 3월의 해변이 품고 있는 냉기가 느껴졌지만 개의치 않았다. 음악을 들으려 이어폰을 주머니에서 꺼냈다가 도로 집어넣었다. 끊이지 않고 반복되는 파도 소리를 듣고 있으니 괜스레 마음이 편해지는 것 같았다. 지후는 두 무릎을 세우고 양팔로 감싸안은 채 짙푸른 파도가 넘실대는 바다를 바라보았다. 그렇게 꽤 오랜 시간 동안 가만히 바다만 바라보던 지후는 갑자기 볼을 부풀렸다가 소리를 내며 크게 숨을 내뱉었다. 그러고는 얼굴을 양팔 안으로 숙였다.

사실 오늘 아침 바다에 가자고 결심할 때만 해도, 그리고 버스에서 내려 바다를 향해 걸어오는 동안만 해도 바다 앞에 서면 뭔가 자신의 고민을 해결해 줄 실마리가 떠오르지 않을까 내심 기대했던 지후였다. 바다의 풍경이 자신에게 해답으로 다가오기를 바랐다. 하지만 바다는 지후에게 어떤 말도 건네지 않았다. 오히려 바다를 바라보는 동안 아무 생각도 할 수 없었다. 마치 거대한 바다에 압도되어 사고가 마비된 느낌이었고, 그렇게 정신을 놓아버린 사이 온갖 고민으로 가득했던 머릿속은 어느 순간 텅 비어버린 것 같았다.

지후는 숙였던 고개를 들고 오른손을 외투 주머니에 넣어 무언가를 꺼냈다. 어제 카페에서 받은 쿠키였다. 오늘 아침 주머니에 들어있는 걸 발견하고 잠시 고민하다가 그대로 가지고 온 거였다. 포장을 벗기고 한입 먹은 쿠키에선 어제와 달리 견과류의 맛이 고소하게 났다.

천천히 쿠키를 먹으며 지후는 으히려 잘됐다고 생각했다. 바다를 보는 동안만큼은 사고가 멈춰서 번잡했던 생각들도 떠오르지 않았다. 비록 고민과 의심에 대한 해답은 구할 수 없었지만 이렇게 잠깐만이라도 편한 마음으로 시간을 보내다 보면 자신도 모르는 어떠한 에너지가, 앞으로 다가올 시간을 무사히 버틸 수 있게 해줄 에너지가 조용히 차오를 것 같기도 했다. 지후는 부디 그러기를 바랐다.

시간 가는 줄도 모르고 멍하니 바다를 바라보고 있다가 문득 정신을 차리고 시간을 확인하니 해변에 온 지 벌써 한 시간이 훌쩍 넘어 있었다. 그저 가만히 바다만 보고 있는데도 시간은 평소보다 더 빠르게 흐른 것 같았다. 불안한 마음에 쫓기지 않고 시간의 흐름을 이렇게 자연스럽고 편안하게 느낀 건 정말 오랜만이어서 지후는 퍽 만족스러웠다. 그래도 언제까지 이렇게 앉아 있을 수만은 없어 이제 슬슬 일어나보기로 했다.

자리에서 일어나 엉덩이에 묻은 모래를 털어내다가 버스표가 떨어져 있는 것을 발견했다. 주머니에서 쿠키를 꺼낼 때 같이 떨어진 모양이었다. 손을 뻗어 버스표를 주우려는 순간 갑자기 불어온 바람에 버스표는 바로 앞까지 밀려온 파도 위로 날아가 떨어졌다. 그리고 파도를 타고 점점 멀어져 갔다.

지후는 버스표를 저렇게 떠나보내면 안 된다고 생각했다. 마치 이곳에서 보냈던 시간과 느꼈던 감정이 저 버스표가 있어야지만 오롯이 기억될 수 있을 것만 같았다. 하지만 그렇다고 무작정 바다로 뛰어들 수도 없었다. 그저 이리저리 흔들리며 떠 있는 버스표를 안타까운 마음으로 바라볼 수밖에 없었다.

그런데 멀어졌던 버스표가 다시 파도를 타고 점점 해

변으로 밀려왔다. 마침내 바로 앞까지 다가온 버스표를 지후는 신발이 젖는 것도 무릅쓰고 하얀 포말 속으로 걸어 들어가 주웠다. 바닷물에 젖어 눅눅해진 버스표에 묻은 모래를 털어내고 물끄러미 바라보던 지후는 그제야 아까 바다로 걸어오던 중 순간적으로 떠올랐던 희미한 기억이 무엇이었는지 알게 되었다.

지후가 어릴 적, 열 살 정도였을 때 가족이 함께 바다로 여름휴가를 간 적이 있었다. 가족은 모래사장에 자리를 잡았고 지후는 곧바로 소리를 지르며 바다에 뛰어들었다. 부모는 많은 인파 속에서 즐겁게 물장구치는 지후를 행복한 표정으로 바라보며 여유로운 시간을 보냈다. 바다에서 한창 정신없이 놀던 지후는 어느 순간 자신의 발이 땅에 닿지 않는다는 사실을 깨달았다. 덜컥 겁이 나서 팔다리를 사방으로 휘저어 보았지만 제대로 수영하는 법을 알지 못했기에 발버둥치면 칠수록 몸은 물속으로 더 가라앉았다. 있는 힘껏 소리를 질렀지만 왁자지껄한 소음에 묻혀 그 누구도 지후를 쳐다보지 않았다. 지후는 공포에 휩싸여 미친 듯 발악했다. 하지만 지후의 몸짓은 다른 사람들이 보기엔 그저 요란한 물놀이처럼 보일 뿐이었다.

굉장히 긴 시간처럼 느껴졌다. 지후는 자신이 이러다

죽을지도 모른다고 생각했고, 이렇게 필사적인데도 신경 쓰지 않는 사람들과 자신을 구하러 오지 않는 부모님을 원망했다. 그렇게 두려움과 서러움에 북받쳐 격하게 온몸을 흔들던 중 갑작스럽게 모래의 까슬한 촉감이 손과 발에 느껴졌다. 지후는 자신이 어느 사이에 해변의 모래 위에 올라와 있다는 사실을 깨달았고 주변을 이리저리 둘러보며 어리둥절한 표정을 지을 수밖에 없었다.

사실 지후가 허우적거리던 곳은 해변에서 그리 멀지 않은 곳이었다. 바다에 가라앉지 않기 위해 온 힘을 다해 허우적댄 지후는 그러한 노력이 허무하게 느껴질 정도로 그저 파도를 타고 자연스럽게 해변까지 밀려온 거였다. 길게만 느껴지던 공포의 시간도 실제론 지후가 느꼈던 것보다 훨씬 짧은 시간이었다. 하지만 지후는 자신에게 일어난 일을 제대로 인지하지 못했다.

정신을 차린 지후는 해변 위에 엉거주춤하게 엎드린 자세로 부모가 있는 곳을 바라보았고, 부모는 지후에게 손을 흔들며 활짝 웃었다. 부모의 웃는 얼굴을 보자 안도감이 느껴지는 동시에 뭔지 모를 억울함과 서러움이 마음속에서 울컥거렸다. 결국 지후는 파도가 치는 해변에 쭈그리고 앉아 크게 소리 내어 울었다.

자연스럽게 파도에 몸을 맡기면 되는 순간. 걱정은 잠시 내려놓고 힘을 뺀 채 자신을 이리저리 흔드는 파도에 올라타 둥둥 떠 있어야 하는 순간. 인생을 살아가면서 그런 순간이 필요하다는 걸 되돌아온 버스표가, 그로 인해 떠오른 어릴 적 기억이 지후에게 알려주었다. 그리고 깨달았다. 내가 몸을 맡긴 파도는 어딘가로 날 데려다준다는 것을. 그곳은 분명 다시 시작할 수 있고, 다시 살아갈 수 있는 곳이다. 만약 그렇지 않다 해도 걱정할 건 없다. 그저 주저하지 말고 또다시 파도에 몸을 맡기면 된다. 그거면 충분하다.

버스표를 바라보는 지후의 얼굴에 살며시 미소가 떠올랐다.

*

지후는 해변을 따라 천천히 걸었다. 근처에 자리 잡은 작은 마을을 둘러본 뒤 다시 터미널로 돌아갈 계획이었다. 파도 소리를 들으며 해변을 걷던 중 모래사장 위에 작은 가방과 신발이 놓여있는 걸 발견했다. 설마 지금 날씨에 누군가 해수욕을 하는 건가 싶어 바다로 시선을 돌리니 멀리 바다 위에 떠 있는 서프보드에 한 여성이 앉아 있었다.

서핑 경험이 있는 지후는 이렇게 잔잔한 파도에서 서핑이 가능할까 싶었다. 하지만 여성의 모습은 그런 건 상관없다는 듯 가만히 파도를 기다리는 것처럼 보였다.

 어쩌면 저 여성은 파도를 타는 것보다 파도를 기다리는 순간에 더 집중하고 있는 건지도 모른다고 지후는 생각했다. 파도를 타는 순간, 모든 걸 잊을 정도로 짜릿한 그 짧은 순간을 위해 얼마나 길지 알 수 없는 기다림의 시간을 기꺼이 받아들이는 것 아닐까? 단 한 번이라도 제대로 파도를 탈 수만 있다면 충분한 것이다. 지후의 상상 속에서 저 여성은 분명 그럴 것 같았다. 마침내 미끄러지듯 매끄럽게 파도를 타며 환희엔 찬 미소를 짓는 여성의 얼굴이 보이는 듯했다.

 해변에서 빠져나와 낮은 건물들이 몰려있는 마을을 가로지르는 동안 드문드문 음식점과 카페가 있었는데 모두 한산해 보였다. 펜션과 민박집들도 아마 지금 시기에는 손님이 거의 없을 것 같았다. 지후는 동네를 천천히 걸으며 이곳 사람들에게도 3월은 때를 기다리는, 곧 다가올 멋진 파도를 기다리는 시간이라고 생각했다.

 길을 걷다가 한 골목의 어귀에 세워진 세련된 만듦새의 작은 간판이 보였다. 골목 안에 카페가 있다는 걸 알려주는 간판이었는데, 지후는 잠시 고민하다 간판의 화살표 방향을 따라 골목으로 들어갔다. 한동안 바깥에 머무르다 보니 몸도 으슬으슬했기에 따듯한 커피가 마시고 싶었다.

작은 마당이 있는 단층 주택을 개조한 카페였다. 마당의 절반을 차지한 화단에는 키 작은 관목들이 앙상한 가지를 드러내고 있었는데, 곧 봄이 오고 초록 잎이 돋으면 화단이 제법 예쁠 것 같았다. 금색 문고리를 잡아당겨 목재 문을 열고 카페에 들어선 순간 지후는 예상외의 내부 모습에 조금 놀랐다. 전체적으로 밝고 산뜻한 분위기 속에서 짙은 원목의 테이블과 의자가 묵직하게 자리 잡고 있었고, 바닥과 선반 곳곳에는 싱그러운 녹색의 크고 작은 화초들이 놓여 있었다. 벽에 걸린 다양한 크기의 액자와 창문에 드리워진 하얀색 레이스 커튼은 실내 분위기를 더욱 아기자기하고 아늑하게 만들었다. 박공지붕의 서까래를 자연스럽게 노출한 천장에는 작은 전구들이 별처럼 반짝였다.

지후는 자연스럽게 자신이 자주 가는 서울의 카페를 떠올렸다. 군더더기 없는 깔끔한 공간, 요란하지 않고 세련된 가구와 소품, 실내를 비추는 따스한 조명, 그리고 나직하게 흐르는 음악까지 전체적인 분위기와 편안한 느낌이 분명 유사했다. 아마도 두 카페 사장은 취향과 심미안이 비슷할 것 같았다.

커피를 주문하고 자리에 앉은 지후는 주변을 둘러보다 건너편 테이블 위에 시선이 멈췄다. 그곳엔 작은 액자가 있었는데 액자 속에는 커다란 보름달을 찍은 사진이 있었다. 우연일 테지만 어쩔 수 없이 서울의 카페에 걸려 있는 액자 속 사진이 생각났다. 이곳 사진에는 막막한 어둠 속에서 보름달만이 홀로 빛나고 있었지만, 왠지 모르게 보이지 않는 아래쪽으로 파도가 치는 검푸른 바다가 펼쳐져 있을 것만 같았다.

카페의 사장인듯한 여성이 커피를 가져다주었다. 갸름하고 하얀 얼굴이 눈에 띄는 여성이었다. 지후는 그녀에게 저 테이블 위의 사진을 혹시 직접 찍은 거냐고 물어보았다. 그녀는 아니라고, 아는 사람이 찍은 거라고 대답했다. 지후는 알고 있는 사진과 비슷해 혹시나 해서 물어보았다고 했고, 그녀는 잠깐 의아하다는 듯한 표정을 짓더니 살짝 웃어 보이곤 돌아갔다.

난방이 잘 되어 카페 안의 공기는 포근했다. 따듯한 커피까지 마시니 몸이 금세 노곤해졌고, 자신의 의지와는 상관없이 의자 등받이에 몸이 기대어지며 눈이 스르르 감기려 했다. 그 순간 카페의 스피커에서 익숙한 노래가 흘러나왔다. 어제 서울의 카페에서도 들었던 지후가 좋아하는 밴드의 노래. 노래를 들은 지후는 몽롱해지는 의식에서 깨어나 정신이 들었다.

이제 집에 가자 오늘 할 일은 다 했으니까
집에 가자 이제 슬슬 피곤하니까

가만히 노래를 듣고 있는 지후의 얼굴에 옅은 미소가 떠올랐다. 수도 없이 들었던 노래였는데 지금은 그 어느 때보다 가사가 마음으로 와닿았다. 지흐는 소리 내지 않고 입 모양만으로 노래를 따라 불렀다.

노래를 끝까지 들은 지후는 자신도 이제 집에 가야 할 때라고 생각했다. 어쩌면 속초에 와서 지금까지 보낸 시간은 지후에게 조금은 비현실적으로 느껴지는 시간이었다. 그리고 그 시간을 천천히 통과한 자신의 마음가짐이 이곳에 오기 전과는 분명 달라진 걸 알 수 있었다. 정확히 설명할 수는 없지만 변화한 마음가짐이 앞으로 마주할 일상을 조금 더 선명하고 단단하게 살아갈 수 있게 해줄 것만 같았다.

남아있던 커피를 천천히 다 마시고 자리에서 일어난 지후는 커피잔을 직접 반납했다. 여성은 감사하다고 말하며 지후에게 가볍게 눈인사를 했다. 지후는 그녀의 외꺼풀 눈이 그리는 눈인사를 보며 하얀 도화지에 아름답게 그린

가늘고 긴 선을 떠올렸다.

터미널로 돌아가기 위해 횡단보도에서 멍하니 신호가 바뀌기를 기다리고 있는데 누군가 옆에서 지후를 불렀다.
"아저씨."
옆을 돌아보니 한 남자아이가 양손을 점퍼 주머니에 넣고 자신을 올려보고 있었다. 이제 초등학교 3, 4학년 정도 됐을까 싶은 어린아이였다. 책가방을 등에 메고 있는 걸 보면 하굣길인 것 같았는데 지후는 이 아이가 자신을 왜 불렀을지 궁금했다.
"응? 왜?"
"아저씨 가출했죠?"
전혀 예상하지 못했던 아이의 질문에 지후는 순간 어리둥절했다. 가출했냐니, 이게 무슨 말이지? 내가 가출한 사람처럼 보이나? 지후는 궁금하기도 하고 흥미롭기도 해서 아이를 바라보며 차분한 목소리로 물었다.
"아니, 아저씨는 가출 안 했는데. 왜 그렇게 물어보니?"
"왜냐하면, 전 가출했거든요."
아이는 여전히 두 손을 주머니에 넣은 채 가출했다는 걸 자랑스럽게 여기는 말투로 뽐내듯 말했다. 지후는 순간적으로 기가 차 웃음이 터져 나오려는 걸 가까스로 참았다. 이렇게 어린아이가 가출한다는 게 말이 되나 싶었고, 설사 그게 가능하다 쳐도 아이의 깨끗한 옷차림이나 단정한 머리, 뽀얀 얼굴을 보면 이 아이는 절대 가출했을 리 없다고 생각했다. 그래서 지후는 그냥 무시해 버릴까도 했지만 아이에게 차마 그렇게 해선 안 될 것 같았다. 지후는 어린아이와 눈높이를 맞출 수 있게 한쪽 무릎을 땅에 대고 앉아 다정한 목소리로 물었다.

"너는 왜 가출했어?"

"저는 가출했으니까 이제 집에 안 갈 거예요. 집에 안 가고 제가 가고 싶은 데로 갈 거예요. 거기에서 계속 있을 거예요."

아이는 주머니에 손을 넣은 채로 몸을 좌우로 돌리며 질문과는 상관없는 대답을 했다. 시선은 한곳에 머물지 못하고 이리저리 흔들렸다. 아이의 대답하는 모습이나 말투 등으로 보아 어쩌면 장애가 있는 아이일지도 모른다는 생각이 들었다.

"네가 제일 가고 싶은 데는 어디야?"

지후는 한 번 더 아이에게 물어보았다. 이번엔 아이가 바로 대답하지 못했다. 계속해서 시선을 돌렸고 주머니에서 손을 뺐다 다시 넣기를 반복했다. 그러고는 또다시 질문과 상관없는 대답을 했다.

"아저씨도 가출했으니까 가고 싶은 데로 가요."

이 아이와 계속 대화를 나누는 건 아무래도 쉽지 않을 것 같았다. 그리고 서울행 버스의 시간도 점점 다가오고 있었기에 슬슬 가봐야만 했다. 지후는 아이를 바라보며 말했다.

"아저씨는 가출한 거 아니야. 아저씨는 이제 집으로 갈 거야. 왜냐하면 지금 아저씨가 제일 가고 싶은 곳이 바로 집이거든. 집에 가서 파도가 오길 기다릴 거야. 아저씨가 몸을 맡길 파도 말이야."

아이는 무표정한 얼굴로 지후를 빤히 바라보았다. 아이에게 쓸데없는 소리를 한 것 같아 아차 싶었지만 이미 해버린 말을 어떻게 할 수는 없었다.

"그러니 너도 어서 집으로 가. 만약 집에 안 가고 계속 이렇게 있으면 아저씨가 경찰 아저씨한테 말할 수밖에 없어. 저기 경찰서 있던데 아저씨가 경찰 아저씨 불러온다?"

아이는 경찰이라는 소리에 겁을 먹었는지 표정을 일그러뜨리며 싫어, 라고 혼잣말처럼 중얼거리고는 몸을 돌려 종종걸음으로 걸어갔다. 아이의 뒷모습을 보며 혼자 저렇게 보내도 괜찮은 건가 싶었지만 지후가 어떻게 할 수 있는 건 없었다. 지후는 무릎을 털며 일어났고 아이가 시야에서 사라진 후에야 도로를 건너 터미널로 향했다.

　서울로 돌아오는 버스 안에서 지후는 창밖을 바라보며 자신이 겪고 있는 상황을 너무 급격하게 바꾸지는 말자고 생각했다. 지금 자신의 삶이 어쩌면 발이 닿지 않는 허공에서 허우적거리는 것과 같을지도 몰랐다. 그럴수록 몸에 힘을 빼고 언젠가 다가올 파도를 가만히 기다려야만 했다. 그건 속초의 바다가, 갑자기 떠오른 옛 기억이, 그리고 바다 위에서 파도를 기다리고 있던 한 서퍼가 지후에게 알려준 것이었다.
　지후는 눈을 감았다. 그리고 서울에 도착할 때까지 한 번도 깨지 않고 깊은 잠을 잤다.

*

　이틀간의 휴가가 끝난 뒤 그전과 다름없는 일상이 반복되었다. 하지만 그전처럼 삶이 허무하거나 의심으로 가득하진 않았다. 흘러가는 일상의 삶 속에서 작은 의미라도 찾기 위해 조금 더 집중했다. 동료들과 선배가 해줬던 말이 어쩌면 틀린 게 아닐지도 모른다고 생각했고, 그래서 순간의 행복을 더 소중하고 온전하게 즐기려 노력했다. 의심의 덩굴에 완전히 뒤덮이지 않도록 조금 더 자주 자신의 내면을 유심히 살폈다.

지후는 하루빨리 카페에 찾아가 속초에서 겪었던 일을 사장에게 얘기해주고 싶었다. 하지만 마음처럼 쉽게 시간이 나지 않았다. 며칠이 지나서야 겨우 시간이 난 지후는 퇴근 후 발걸음을 서둘러 카페로 향했다.

지하철역에서 나와 하늘을 보니 밝게 빛나는 보름달이 잔뜩 낀 구름 사이로 잠깐 보였다 금세 가려졌다. 카페가 있는 골목길에 들어섰을 때 지후는 골목이 평소보다 어둡다는 걸 깨달았다. 하지만 그것이 무엇을 의미하는지는 바로 알아차리지 못했다. 앞에 도착해서야 카페의 조명이 모두 꺼져 있다는 것을 알게 되었다. 오늘은 화요일이라 쉬는 날도 아니었고, SNS에 별다른 공지도 없었다. 혹시나 하는 마음으로 출입문의 문고리를 잡아당겨 보았지만 문은 굳게 닫혀 있었다.

지후는 창문에 얼굴을 가까이 대고 어두운 카페 안을 한참 동안 바라보았다. 벽에 걸린 액자 속 보름달이 어둠 속에서 어렴풋이 보였다. 지후는 창에서 물러나 잠시 가만히 서 있었다. 그리고 고개를 천천히 끄덕이며 살며시 미소를 지었다.

그대로 집으로 가려다 발걸음을 멈추고 다시 카페 문

앞에 선 지후는 코트 주머니에 손을 넣어 무언가를 꺼냈다. 그건 바로, 속초행 버스표였다. 바닷물에 젖었다 말라 쭈글쭈글해진 버스표에서 마른 모래가 떨어졌다. 지후는 손에 쥔 버스표를 잠시 바라보다 카페 문틈 사이에 살며시 꽂아 놓았다.

구름에 가려져 있던 보름달이 다시 드러나며 골목길로 달빛이 쏟아져 내렸다. 지후는 하늘을 한번 올려보고는 몸을 돌려 집으로 향했다.

*소설 속에 나오는 노래 가사는 장기하와 얼굴들의 〈사람의 마음〉(2014) 중 일부이다.

달이 뜨는 동쪽, 세상의 끝

"속초에 다시 오게 된 특별한 이유가 있어요?"
연우의 물음에 서준은 잠시 상념에 잠겼다가 대답했다.
"아마도, 보름달이었어. 날 다시 이곳에 오게 만든 건."

달이 뜨는 동쪽, 세상의 끝

 유진으로부터 전화가 온 건 연우가 카페 손님과 대화를 나눈 지 며칠 지나지 않아서였다. 모르는 번호였지만 별생각 없이 받은 전화에서 상대방은 전화를 받은 사람이 연우가 맞는지 확인했다. 연우는 전화 속 목소리의 나이를 쉽게 짐작하기 어려웠다. 가늘고 높은 어조는 앳된 듯 들렸지만, 느리고 당당한 말투는 사뭇 어른스럽기도 했다.
 "윤서준이란 사람을 아시죠?"
 전화를 통해 모르는 남자로부터 서준의 이름을 들은 순간 연우는 자신을 둘러싼 시공간의 흐름이 살짝 흔들리는 느낌을 받았다. 얼마 전 손님과 바다와 파도에 관해 대화를 나눈 이후 줄곧 서준을 생각하고 있었는데 갑자기 걸려 온 정체불명의 전화에서 그를 알고 있냐는 질문을 들으니 놀라기도 했고 이상야릇하기도 했다. 연우는 자신도 모르게 미간을 찡그렸다.

"네, 알고 있어요. 그런데요?"

연우의 대답에 상대방은 그제야 자신을 소개했다. 자신은 이유진이라고 하며, 서준과 함께 살고 있다고 했다. 연우는 함께 산다는 게 무슨 의미일까 궁금했지만 우선 아무 질문도 하지 않고 가만히 듣기만 했다. 자신의 소개를 마친 유진은 소리 내 심호흡을 했다. 그의 숨소리는 마치 이제 정말 중요한 말을 한다는 예고처럼 들렸다.

"서준이 당신을 만나고 싶어 합니다."

연우의 벌어진 입술 사이로 작은 신음이 흘러나왔다. 수많은 의문이 머릿속에서 뒤죽박죽 제멋대로 얽히고설켰다. 그것을 정리해 질문의 형태로 만들어 실제 목소리로 묻기까지는 시간이 필요했다. 서준은 지금 어디에 있는지. 왜 직접 전화하지 않는지. 무엇보다 10년을 훌쩍 넘기도록 연락 한번 없다가 갑자기 왜 자신을 만나려 하는지. 쏟아지는 연우의 질문을 이미 예상했다는 듯 유진은 주저 없이 한 문장으로 간단하게 답했다.

"윤서준은 지금 죽어가고 있어요."

말문이 막힌 연우에게 유진은 전화로 많은 것을 설명

하기는 어려우니 갑작스럽겠지만 꼭 찾아와주었으면 한다고 했다. 연우는 무엇에 홀린 듯 알겠다고 답해버렸다. 유진은 감사하다는 말과 함께 찾아올 주소는 문자로 보내주겠다며 전화를 끊었다. 연우는 손에 쥔 휴대전화를 그저 멍하니 보고 있을 수밖에 없었다. 그리고 잠시 뒤에 메시지가 왔다.

―강원도 속초시 사진1길 4
―방문 날짜가 정해지면 연락 부탁드립니다.

서준이 죽어간다는 게 과연 무슨 갈일까? 병에라도 걸린 걸까? 연우는 귓속이 먹먹해지는 게 느껴졌다. 어릴 적부터 긴장이나 걱정을 하면 종종 나타나는 증상이었는데, 딱히 치료법은 없었다. 그저 마주 비벼 따듯하게 만든 손바닥으로 양쪽 귀를 살며시 덮고서 증상이 가라앉기만을 기다릴 수밖에 없었다. 연우는 앞으로 자신이 마주할 상황을 짐작해 보려 했지만 어떤 짐작도 할 수 없었다. 손바닥을 내리고 고개를 돌려 벽에 걸린 사진을 바라본 연우는 사진 속 보름달이 왠지 오늘따라 더 밝아 보이는 것처럼 느껴졌다.

서준과 연우는 대학교 동아리 선후배였다. 서준이 연우보다 네 학번 위였는데, 연우가 동아리에 가입했을 때 그는 동아리의 제일 고참 선배 무리 중 한 명이었다. 군대에 다녀와 복학한 그들은 동아리 활동은 거의 하지 않았고, 그래서 신입생들은 오래된 전설 같은 이야기로만 선배들을 접할 수 있었다. 그들 중 서준에 관한 이야기는 연우를 포함한 신입생들에게 분명 가장 흥미로웠다.

서준의 전공은 건축이었는데 학업엔 전혀 관심이 없었다. 1학년 때부터 결석을 밥 먹듯 했고, 낙제를 받은 과목은 수두룩했다. 졸업하려면 부지런히 부족한 학점을 채워도 모자랄 판이었지만, 졸업이나 취업은 그의 관심사가 전혀 아니었다. 그의 관심사는 오로지 사진뿐이었다. 항상 값비싼 필름 카메라를 어깨에 메고 다녔던 그는 걸핏하면 어디론가 훌쩍 떠나 사진을 찍곤 했다. 하지만 그렇다고 전문 사진작가를 꿈꾸거나 하는 것 같지도 않았다. 그는 매사에 그다지 의욕이 있어 보이지 않았고, 그저 한가하게 하고 싶은 거 하면서 유유자적 살기를 원하는 것처럼 보였다. 적어도 겉보기엔 그랬다. 지방에서 올라와 최신 오피스텔에서 자취하는 그를 보며 항간엔 그가 부잣집 외동아들이라는 소문이 있었지만 확인된 사실은 아니었다. 주변 사람들은 그를 보며 생각 없이 세상 편하게 사는 한량 같은 놈이라고 수군거렸다.

연우가 서준을 실제로 만난 건 1학기가 끝났을 무렵

이었다. 동아리 종강 모임에 아무도 참석을 예상하지 않았던 그가 홀로 나타난 것이었다. 한여름의 무덥고 습한 날씨에도 불구하고 검은색 긴 팔 티셔츠를 입은 그는 역시나 필름 카메라를 어깨에 멘 채였다. 그동안 소문으로만 듣던 선배가 드디어 모습을 나타냈으니 신입생들은 텔레비전으로만 본 연예인을 직접 본 듯 흥미로워했다. 연우는 특히 더 그랬는데 왜냐하면 서준이 바로 자신의 앞에 앉았기 때문이었다.

어딘가 독특하고 개성 있는, 조금은 괴짜 예술가 같은 외모를 상상했던 연우의 기대와 다르게 서준의 인상은 굉장히 깔끔하고 단정했다. 누가 봐도 미남에 가까운 얼굴이었다. 날렵한 턱선의 하얀 얼굴에 가지런히 자리 잡은 커다란 눈, 코, 입이 보기 좋았고, 무엇보다 유난히 긴 속눈썹이 특히 매력적으로 보였다. 연우는 그러지 않으려 해도 어쩔 수 없이 서준의 미모에 계속 눈길이 갈 수밖에 없었다. 멀쩡한 외모에 비해 독특한 건 그의 목소리였는데, 자신을 소개하는 가늘고 높은 목소리가 마치 어린아이 같았다. 그의 여린 목소리는 분명 외모와 어울리지 않았다. 하지만 계속 듣다 보니 묘하게 어울리는 것 같기도 했다.

오랜만에 모습을 나타낸 서준은 처음엔 화제의 중심이 되었지만 그리 오래가지는 못했다. 그는 자신이 주목받는 걸 딱히 반기지 않는 듯했다. 말수가 많지 않고 적극적으로 나서려 하지 않는 그에게 사람들의 흥미는 빠르게 식었다. 그의 존재는 어느덧 잊혔고 천장이 낮고 어둑한, 마치 동굴 같은 주점의 분위기는 동동주 항아리가 쉴 새 없이 비워지면서 금세 와자지껄해졌다. 연우는 앞에 앉아서 이따금 자신을 빤히 바라보는 서준의 시선이 처음엔 불편하기도 했지만 얼마 안 가 신경도 쓰지 않게 되었다.

사람들이 이리저리 섞어 앉기 시작하며 자리 배치는 계속해서 바뀌었고, 그러다 연우는 서준과 나란히 앉게 되었다. 어색하게 인사를 주고받은 둘은 건배를 했다. 딱히 술자리를 즐기는 것처럼 보이지 않는 서준에게 연우는 어떤 말을 해야 할지 몰랐다. 그렇게 말없이 멀뚱히 앉아 있는 연우에게 서준이 뜬금없이 물었다.

"달을 좋아한다고?"

"네?"

"아까 달을 좋아한다고 말하던데?"

서준의 옆으로 오기 전, 연우는 동기들과 이런저런 이야기를 나누던 중 각자 좋아하는 것에 관해 한참을 떠들었다. 연우가 좋아한다고 말한 건 이런 것들이었다. 박완서와 하루키의 소설, 평론가들이 선정한 명작 100위 안에 드는 영화들, 멘델스존의 피아노 트리오와 드뷔시의 베르가

마스크 모음곡, 브람스의 교향곡 4번과 차이콥스키의 교향곡 5번, 비틀스와 오아시스가 발표한 모든 앨범, 오래된 동네의 골목길, 종로와 대학로, 버스를 타고 떠나는 여행, 고양이, 두부, 봄에 피어난 새싹의 연녹색, 태풍이 왔을 때의 흐린 하늘과 바람, 겨울과 눈, 바다, 그리고 마지막으로 보름달. 연우의 얘기를 들은 동기들은 이해할 수 없다는 표정으로 낯선 물건을 바라보듯 연우를 쳐다보았다. 하지만 연우는 개의치 않았다. 사실 그러한 눈빛이 처음도 아니었다. 어렸을 적부터 연우가 좋아하는 걸 말할 때마다 친구들이나 주변 사람들은 열이면 열 연우에게 특이하다고 했다. 연우는 그 말이 듣기 싫어 언젠가부터 자신이 좋아하는 걸 말하지 않게 되었다. 하지만 오늘은 얼근하게 오른 취기 때문인지 신나는 기분으로 자신이 좋아하는 것들을 떠오르는 대로 나열했던 연우였다.

"아, 네. 보름달을 좋아해요."

서준은 흥미롭다는 표정으로 연우를 바라보며 보름달을 왜 좋아하냐고 물었다. 오늘 처음 만난 낯선 선배가 보이는 관심에 연우는 조금 당황스러웠다. 지금까지 누구에게도 보름달을 좋아하는 이유를 말한 적은 없었다. 그러한 질문을 받은 적이 한 번도 없었기 때문이었다. 막상 이유를 말하려 하니 연우는 왠지 모르게 부끄럽고 긴장됐다.

"중학교 1학년 때 반에 절 괴롭히는 아이가 있었어요. 정말 죽여버리고 싶었는데 그럴 순 없으니 혼자 끙끙 앓기만 했죠. 그러던 어느 날 밤, 하늘에 뜬 커다란 보름달을 봤어요. 그 순간 뭔가 신기한 힘에 끌렸다고 해야 할까, 나도 모르게 달을 향해 소원을 빌었어요. 그 새끼를 제발 사라지게 해달라고. 그리고 놀랍게도 며칠 후 걔가 전학을 갔어요. 그때부터였던 것 같아요. 달을 좋아하게 된 건."

한 손으로 술잔을 만지작거리며 연우의 얘기를 듣고 있던 서준은 혹시 그 이후에도 보름달을 보며 소원을 빌었는지 물었다. 연우는 그 일을 겪은 뒤부터 보름달이 뜰 때마다 소원을 빌었다. 키가 더 크게 해달라고. 시험을 잘 보게 해달라고. 짝사랑하던 아이가 자기를 좋아하게 해달라고. 술만 마시면 엄마와 자신을 때리던 아빠를 제발 사라지게 해달라고. 하지만 그중 이루어진 소원은 하나도 없었다. 아니, 그렇게 증오했던 아빠가 지난해에야 간암으로 세상을 떠난 건 어쩌면 소원이 오랜 시간 끝에 이루어진 건지도 몰랐다. 하지만 연우는 이런 이야기를 오늘 처음 만난 선배에게 할 순 없었다.

"빌긴 빌었는데, 소원이 이루어진 적은 없어요."

"요새는?"

질문의 의미를 이해하지 못한 연우는 멍한 표정으로

서준을 바라보았다. 서준과 대화를 하고 있으니 왠지 취기가 더 빠르게 오르는 것 같았다. 요새도 계속 소원을 비는지 다시 묻는 서준에게 연우는 대학에 들어오고 나선 한 번도 없었다고 답했다. 그러고 보면 최근에는 밤하늘에 달이 떴는지조차 확인해 본 적이 없었다. 그만큼 간절히 빌 만한 게 없는 건지도 몰랐지만, 그것보단 이제는 그냥 그러한 행동이 유치하게 느껴져 그런 것 같기도 했다.

서준은 자세를 고쳐 앉고 입 주변을 작게 실룩이더니 무슨 생각을 하고 있는지 도저히 알 수 없는 표정을 지어 보였다. 연우는 서준의 얼굴을 몰래 흘끔거리며 가만히 기다릴 수밖에 없었다. 사실 힐끔거리며 쳐다본 건 그의 짙은 속눈썹이었다. 서준을 처음 봤을 때부터 속눈썹 때문에 꼭 마스카라로 눈 화장을 한 것 같다고 연우는 생각했다. 눈을 깜빡일 때마다 위아래로 함께 움직이는 길고 풍성한 속눈썹은 퍽 매력적으로 보였고, 그래서인지 자기도 모르게 아까부터 자꾸만 눈길이 갔다. 연우의 시선을 아는지 모르는지 서준은 허공의 한 지점을 물끄러미 바라보고 있다가 천천히 술잔을 들어 연우를 향해 내밀었다. 연우는 두 손으로 잔을 들어 서준의 잔에 부딪혔고, 둘은 잔에 남아있던 술을 모두 비웠다. 냅킨을 한 장 뽑아 입을 닦은 서준이 말했다.

"사실 아까 네가 좋아하는 걸 들었을 때 조금 놀랐어."
"왜요?"
"네가 좋아하는 것들이 내가 좋아하는 것들과 놀랍도록 비슷했거든."

연우는 놀라서 정말이냐고 물었다. 지금까지 자신과 비슷한 취향을 가진 사람은 거의 만난 적이 없었다. 그중 남자는 더더욱 없었다. 서준은 입술을 벌리고 씩 웃었고, 가지런한 치아가 살짝 드러났다. 서준은 자신과 연우의 빈 잔에 동동주를 채우며 말했다.

"넌 나와 왠지 모르게 닮았어. 그래서 마음에 들어."

그 순간 연우의 호흡은 미세하게 흔들렸다. 심장은 조금 더 크게 뛰었고 귓속은 부드러운 솜으로 가득 찬 것처럼 먹먹했다. 얼굴에 열도 오르는 것 같았는데, 이 모든 증상이 방금 들이켠 동동주 때문만은 아니라는 걸 연우는 알고 있었다. 기분이 이상했고 기침이 나올 것처럼 목이 간지러웠다. 연우는 자신의 상태를 괜히 들킬 것 같아 서준이 채워준 잔을 얼른 들어 또 동동주를 마셨다.

연우의 상태를 아는지 모르는지 서준은 별다른 말 없이 자신의 카메라만 이리저리 살펴보며 만지작거렸다. 연우는 잠시 망설이다가 서준에게 전화번호를 알려줄 수 있냐고 물었다. 서준은 가만히 연우를 보다가 그럼, 이라고 말하고는 연우에게 휴대전화를 받아 자기 번호를 입력하고 통화 버튼을 눌렀다. 연우는 휴대전화를 돌려받아 '서준 선배'로 번호를 저장했다.

"연락해도 괜찮죠?"

"당연하지. 그러라고 알려주는 건데."

서준은 밥이나 술이 생각나면 언제든지 연락하라고 했다. 다만 전화를 받지 못할 때가 가끔 있을 거라고 했는데, 사진을 찍을 땐 보통 전화기를 꺼놓기 때문이라고 했다. 연우는 고개를 끄덕이며 알겠다고 했다. 자신이 서준과 연락을 주고받을 수 있다는 것에 연우는 기분이 들떴지만 혹시나 서준이 알아챌까 봐 조심스러웠다.

연우가 잠시 화장실을 다녀온 사이 자리 배치는 다시 바뀌어 서준의 근처에는 다른 사람들이 앉아 있었다. 연우는 어쩔 수 없이 다른 곳에 앉았지만 계속 그랬던 것처럼 서준을 몰래 힐끔거렸다. 서준은 주변 사람들과 별다른 대화 없이 카메라를 만지거나 휴대전화만 보았고, 연우는 왠지 모르게 그 모습에 안심이 되었다.

*

주택가에 위치해 보통 한적한 카페였는데 오늘은 열

시에 문을 열자마자 이상하게도 손님이 끊이지 않고 몰려왔다. 그래서 연우는 평소와 다르게 조금 정신없는 오전 시간을 보내야만 했다. 오후 두 시가 넘어서야 어느 정도 한산해졌고, 그제야 연우는 작은 스툴에 앉아 잠시 숨을 돌릴 수 있었다.

연우가 이십 대 후반부터 십 년 가까이 자신의 모든 에너지를 쏟아부었던 IT 회사를 퇴사한 건 4년 전이었다. 당시 연우는 자신이 텅 비어버린 것처럼 느꼈고, 그 상태로 계속 있다간 소중한 무언가를 잃을 수도 있겠다는 두려움이 들었다. 지금까지와는 다른 삶이 필요하다는 걸 깨달았고, 그러자 적지 않은 월급과 인센티브를 포기하고 회사를 그만두는 게 그리 어렵지 않았다. 연우는 마지막 1년간 아무도 몰래 카페 창업을 준비한 후 미련 없이 회사를 그만두었다.

작은 카페를 시작하면서 연우가 한 가지 다짐했던 건 자신을 위해 더 많은 시간을 쓰자는 거였다. 지금까지는 일에만 매몰되어 휴식이나 자기 계발의 시간에 소홀했었는데, 이제부터는 혼자 카페를 운영하니 누구의 눈치도 보지 말고 자신이 쉬고 싶을 때 쉬고, 하고 싶은 걸 하자고 마음먹었다. 하지만 현실은 그럴 수 없었다. 조용한 동네 골목길 안에 자리 잡은 이곳까지 찾아와주는 손님들을 생각하면 아무리 개인이 운영하는 작은 카페라도 섣불리 그럴 수 없었다. 어쩌면 책임감이 강하고 조금은 고지식한 연우의 성격 때문에 더더욱 그랬을 수도 있었다. 어쨌든 연우는 자신의 다짐과는 다르게 지난 3년간 정기 휴무일인 월요일을 제외하고는 단 하루도 쉬지 않았다.

그렇다고 아무런 공지 없이 카페 문을 닫고 하루라도 어디론가 훌쩍 떠나는 걸 상상조차 안 해본 건 아니었다. 규칙적인 일상에 작은 틈을 만들고 싶은 욕망이 연우의 마음속 깊은 곳엔 항상 자리 잡고 있었다. 그렇기에 이번 속초 방문이 비록 갑작스럽기도 하고 자신의 의지에 의한 것도 아니었지만, 어쩌면 욕망을 실현할 기회가 될 수도 있겠다는 생각이 들었다. 그래서 연우는 돌아오는 휴점일인 월요일에 하루를 더 붙여 화요일까지 1박 2일간 속초에 다녀오기로 마음먹었다. 만약 하루 만에 일정이 끝난다 해도 여행 간 셈 치고 시간을 보내는 것도 나쁘지 않을 것 같았다. 과연 괜찮을까 불안하기도 했지만 결국 예전부터 꿈꿨던 대로 영업을 쉰다는 공지도 하지 않기로 했다.

연우는 자리에서 일어나 벽에 걸린 사진을 물끄러미 바라보았다. 사진 속에는 파도가 치는 검은 물결 위로 구름 한 점 없는 검푸른 하늘이 펼쳐졌고, 그 한가운데에서 둥그런 보름달이 외롭게 빛났다. 사진을 보고 있으니 고요한 밤의 정적 속에서 나직하게 울리는 파도 소리가 귓가에 들리는 듯했고, 그 소리는 서준으로부터 사진을 선물 받았던 날의 기억을 아스라이 떠올리게 했다.

그날은 연말의 화려하고 소란스러운 기운이 가득했던 12월의 어느 날, 다가오는 1월에 입대를 앞둔 연우를 위해 서준이 마련한 환송회 자리였다. 이날 서준은 과 후배인 시은과 함께 왔다. 서준의 말에 의하면 수업을 같이 들으면서 친해지게 되었다고 하는데 사귀는 사이는 아니니 오해하지 말라고 했다. 그동안 말로만 듣던 시은을 실제로 처음 만났을 때 연우는 자신이 그녀를 경계하고 있다는 걸 깨달았다. 그러한 자신의 감정이 당황스럽기도 했지만 어쨌든 들키지 않으려 시은을 향해 과장된 웃음과 표정을 지어야만 했다.

시은의 첫인상은 서준과 비슷했다. 외모가 닮은 건 아니었고 느껴지는 분위기가 그랬다. 조용하고 차분해 보였지만 커다랗고 뚜렷한 이목구비에서는 강직함과 고집스러움이 느껴지기도 했다. 서준이 시은과 가깝게 지내는 이유는 어쩌면 본인과 비슷하기 때문일지도 모른다고 연우는 생각했다. 그가 자신에게도 그랬던 것처럼.

연우와 시은은 서준에게서 상대방에 관한 이야기를 이

미 많이 들었던 터라 처음 만났음에도 어색함이 크지 않았고 나이도 같았기에 금방 스스럼없이 말을 텄다. 셋은 자연스럽게 소주잔을 기울이며 한참을 웃고 떠들었다. 그러다 잠시 쉬어가는 분위기가 되었을 때 서준은 연우에게 줄 게 있다며 의자 등받이에 걸어 놓았던 검은색 도면통을 들었다.

"군대 가는 애한테 어울리는 선물은 아닌 것 같긴 한데."

서준은 도면통의 뚜껑을 열어 돌돌 말린 종이를 꺼내 두 손으로 펼쳤다.

"네가 좋아하는 것들로만 담았어. 겨울, 바다, 그리고 보름달."

그건 포스터 정도의 크기로 인쇄한 사진이었다. 사진을 본 시은이 감탄하며 직접 찍은 거냐고 물었고 서준은 뿌듯한 표정으로 고개를 끄덕였다. 구도를 잡으려고 고생 좀 했다는 서준을 보며 연우는 자신에게 줄 사진을 찍기 위해 수고를 무릅쓴 그가 고마웠다. 그리고 지금까지 살아오면서 누군가 자신을 이 정도로 특별히 생각해 준 적이 처음이었기에 감격스럽고 기뻤다. 연우는 고마움과 기쁨을 직접 표현하고 싶었지만 그러기가 왠지 쑥스러웠고, 그래서 서준에게 시선도 주지 않은 채 사진만 바라보며 어디서 찍은 거냐고 물었다. 서준은 정확한 장소는 말하지 않고 그저 달이 뜨는 동쪽 어딘가라고만 답했다.

"와, 뭔가 낭만적이네. 달이 뜨는 동쪽, 육지가 바다와 만나는 세상의 끝."

시은이 혼잣말처럼 중얼거렸고, 서준은 그 말 참 멋있다며 안 그럴 것 같은데 보기보다 문학적인 면이 있다고 시은을 놀렸다. 시은은 못마땅하다는 듯한 표정을 지으며 자신이 오빠보다는 책을 훨씬 많이 읽을 거라고 했다. 연우는 티격태격하는 두 사람의 대화에 아랑곳하지 않고 사진에 시선을 고정한 채 트집을 잡듯 말했다.

"사진만 봐서는 겨울인지 여름인지 알 수가 없잖아요. 눈이라도 내려야지."

"눈이 내리면 달이 보이질 않지."

서준은 웃으며 대답하고는 사진을 돌려받아 다시 통 안에 넣었다.

"미처 겨울이 눈에 보이지 않는다는 것까진 생각 못 했네. 나중에 네가 좋아하는 겨울이 보이도록 한 번 더 찍어줄게."

서준은 사진이 들어있는 도면통을 연우에게 건넸다.

"눈 덮인 해변과 그 위에 떠 있는 보름달을 찍은 사진이면 되겠지? 군대 건강히 잘 다녀오면 그때 제대 기념 선물로 줄게. 약속한다니까."

연우는 그날이 오긴 하냐며 피식 웃었다. 하지만 겉으로의 시큰둥한 반응과 달리 연우는 가슴이 두근거리며 서준에게서 받게 될 사진 선물을 기대하게 됐다. 연우에게 서준의 약속은 마치 아이들이 기다리는 크리스마스 선물과도 같았고, 하루하루를 지워가며 그날만 오기를 간절히 기다리도록 만들었다.

하지만 서준의 약속은 지켜지지 않았다. 그날의 만남은 연우와 서준의 마지막 만남이었다. 연우는 군 복무 초기에 서준과 몇 번 통화한 적은 있었지만 휴가를 나왔을 때 그를 만날 수는 없었다. 2년이 조금 넘는 시간이 지나 마침내 제대했을 때 서준은 이미 학교를 떠난 뒤였다. 졸업한 건 아니었다. 학사경고 끝에 제적을 당한 것이었다. 연우는 서준을 찾으려 했지만 휴대전화 번호는 없는 번호였고, 자취 집은 벌써 다른 사람으로 바뀌어 있었다. 처음엔 놀라지도, 크게 걱정하지도 않았다. 서준은 전에도 몇 번씩 훌쩍 어디론가 떠나 한참 동안 연락이 끊기곤 했었기에 이번에도 그런 거라고 여겼다. 다만 잠적한 시간이 조금 더 길어지는 것뿐이라고 생각했다. 시간이 지나면 분명 아무 일 없던 것처럼 다시 나타날 거라 기대했다.

연우의 기대와는 달리 계절이 바뀌어도 서준은 나타나지 않았고 연락도 없었다. 이후 동아리에 그에 관한 풍문이 짧게 돌았다. 사실 부잣집 아들이 아니었던 그가 많은 빚을 지고 몰래 도망갔다더라. 이제는 정말 한량처럼 살기 위해 물 좋고 산 좋은 한적한 지방으로 떠났다더라.

연우는 그 어떤 소문도 믿지 않았다. 자신이 아는 서준은 그렇게 어리석고 바보 같은 사람이 아니었다. 하지만 아무리 믿지 않으려 해도 신경 쓰이는 소문이 하나 있었는데, 그건 그가 여자 후배를 꾀어 강원도 어딘가에서 함께 지내고 있다는 소문이었다. 그 후배가 혹시 시은일지도 모른다고 생각하면 연우는 그러지 않으려 해도 마음이 어수선해지곤 했다.

시간이 흐르고 이제 서준이 나타나지 않을 거라는 걸 받아들이자 연우는 자신에게 아무런 연락도 없이 사라진 그에게 화가 났다. 그리고 서준이 자신에게 그렇게 소중하고 커다란 존재였다는 사실을 깨달은 순간 분노는 곧 거대한 상실감으로 변했다. 가슴 한구석에 생긴 황량한 공백에는 스산한 바람만 불었고, 연우가 어떻게 할 수 있는 건 없었다.

계절이 계속해서 바뀌고 반복되면서 서준의 기억은 자연스레 흐릿해졌고 가슴 속 공백은 조금씩 다른 무언가로 채워졌다. 그것들의 대부분은 하찮고 쓸모없는 것들이었지만 연우는 그런 것들로라도 비어있는 구멍을 채워야만 했다. 하지만 서준이 그리워지는 순간을 문득문득 마주할 수밖에 없었는데, 그건 바로 밤하늘에 떠 있는 보름달을 바라볼 때였다. 희미해졌다고 생각했던 서준의 기억이 보름달을 바라보면 다시금 선명하게 떠올랐다. 연우는 보름달을 보며 서준을 만나고 싶다는 소원을 떠올렸지만 끝내 그 소원을 빌지 않았다. 소원이 이루어지는 것도, 그리고 이루어지지 않는 것도 모두 다 두려웠다.

그런 날이면 연우는 방구석에 아무렇게나 처박아두었던 액자를 꺼내 들고 사진 속 바다와 보름달을 바라보곤 했다. 그리고 그렇게 사진을 바라보던 어느 날, 연우는 그동안 차마 하지 못했던 질문을 자신에게 해보았다. 서준이 그저 친한 형이기만 했을까? 어쩌면 자신이 서준에게 특별한 감정을 가졌던 건 아니었을까? 낯선 질문은 연우를 한참 동안 혼란스럽게 만들었지만 시간이 흐르면서 의심은 확신으로 변했고, 결국 자신의 감정을 받아들일 수밖에 없었다.

*

속초까지 두 시간이 조금 넘는 시간 동안 연우는 버스에서 내리 잠을 잤다. 어젯밤에는 어떻게든 잠들어 보려 노력해도 제대로 잘 수 없었는데 버스에 올라탄 순간부터 잠이 쏟아졌고 정신을 차려보니 속초였다. 터미널 밖으로 나오니 하늘에는 연회색 구름이 가득했고, 멀리 보이는 설악산의 산세는 엊그제 내린 폭설로 더욱 도드라져 보였다. 연우는 속초의 풍경이 마치 꿈속처럼 느껴졌다.

유진이 터미널로 마중 나오겠다고 했지만 연우는 정중히 사양했다. 차에서 함께 할 어색한 시간을 견디기 힘들 것 같았다. 유진이 알려준 주소는 영랑호 근처로 터미널에서 택시를 타면 십 분 정도 걸리는 거리였다. 연우는 잠시 고민하다 터미널에 있는 패스트푸드 레스토랑에 들어갔다. 허기가 느껴지진 않았지만 뭐라도 입속으로 넣어야만 할 것 같았다. 그렇게라도 하지 않으면 조금씩 긴장되기 시작한 기분을 주체할 수 없을 것 같았다.

맛도 제대로 느껴지지 않는 햄버거를 억지로 씹어 삼키는 동안 연우는 서준이 왜 속초에 있는지 생각해 보았다. 자신이 알기로 서준은 이곳에 아무런 연고도 없었다. 유진은 그가 지금 죽어간다고 했다. 그렇다면 서준은 이곳에서 마지막을 준비하고 있는 걸까? 만약 그렇다면 왜 하필 이곳에서?

긴장을 풀기 위해 식당에 들어왔지만 전혀 도움이 되진 않았다. 서준을 생각하면 먹먹해진 귓속에 심장 소리만 크게 들렸다. 햄버거가 절반 이상 남았지만 연우는 정리하고 자리에서 일어났다.

밖으로 나오자 아까는 느끼지 못했던 속초의 공기가 느껴졌다. 3월 중순의 속초는 서울보다 훨씬 따듯하고 포근했다. 강원도는 당연히 서울보다 추울 것 같아 입고 온 두툼한 모직 코트가 조금은 부담스럽게 느껴지는 기온이었다. 연우는 느린 속도로 심호흡을 했다. 가까운 곳에 바다가 있기에 바다 냄새를 맡을 수 있지 않을까 싶었는데 전혀 느껴지지 않았다. 연우는 잠시 눈을 감았다가 천천히 뜨고는 코트 주머니에 두 손을 넣었다. 주머니 속 속초행 버스표를 살며시 움켜쥔 연우는 도로에 줄지어 서 있는 택시를 향해 다가가 가장 앞에 있는 택시에 올라탔다.

유진이 알려준 주소로 찾아간 곳은 오래된 단층 건물로 길가에 면한 공간을 가게로 사용하고 있었다. 간판은 출입문 옆에 부착된 명패 크기만 한 작은 나무 간판이 전부였다. 거기엔 〈이스트엔드〉라고만 적혀있었는데 간판만으로는 무엇을 하는 곳인지 알 수 없었다. 유리창으로 보이는 액자 속 사진들과 삼각대, 커다란 조명기기를 통해 이곳이 사진을 찍는 곳이란 걸 짐작할 수 있을 뿐이었다. 액자에는 혼자 또는 함께 찍은 인물사진, 아마도 속초 어디쯤일 듯한 풍경 사진, 그리고 커다란 보름달을 촬영한 사진이 들어있었다. 보름달 사진을 본 순간 연우는 마치 비현실의 세계에 진입한 것 같은 이상한 기분을 느꼈다.

조심스레 문을 열자 문에 달린 작은 종이 청명한 소리를 내며 울렸다. 안에는 아무도 없고 선반 위 스피커에서 클래식 음악만 작은 소리로 흘러나왔다. 연우는 일부러 인기척을 내지 않고 가만히 서서 내부를 둘러보았다. 낡은 외관과는 다르게 내부는 세련되고 깨끗했다. 단정하다는 느낌과 함께 강박적으로 깔끔하다는 느낌도 드는 공간이었다. 서준과 어울리는 공간이라고 연우는 생각했다.

그때 한쪽 구석의 작은 문이 열리며 한 남자가 나왔다. 어떻게 보면 자신보다 어려 보이고, 또 어떻게 보면 더 많아 보이기도 하는 얼굴. 연우는 이 사람이 자신에게 전화한 사람이라는 걸 본능적으로 알 수 있었다. 주춤거리며 인사를 하고 자기소개를 하려 했으나 목이 잠겨 목소리가 제대로 나오지 않았다. 남자는 별다른 표정이 없는 얼굴로 먼저 인사를 했다.

"강연우님 맞으시죠? 전화 드렸던 이유진이에요."

연우는 며칠 전 수화기에서 들었던 목소리가 기억났

다. 그때는 어딘가 묘하게 느껴지는 목소리라고 생각했는데, 실제로 보니 외모와 자연스럽게 어울리는 것 같았다. 무슨 말을 해야 할지 몰라 머뭇거리고 있는데 유진이 서준을 부르겠다며 잠시만 기다려 달라고 하고는 작은 문으로 되돌아 들어갔다. 연우는 다시 혼자가 되었고, 기다리는 것 외에 할 수 있는 건 없었다.

버스에서 내린 순간부터 두근거리던 심장은 이제 거의 터질 듯 뛰었다. 서준을 마주하면 어떻게 인사를 해야 할지, 어떤 말을 해야 할지, 10년이 훨씬 넘는 시간 동안 연락조차 안 했던 사람을 만나면 과연 어떤 기분일지 연우는 상상도 할 수 없었다. 연우는 손바닥으로 귀를 감싸고 천천히 숨을 쉬며 마음을 진정시키려 애썼다.

문 건너편에서 인기척이 들리더니 이윽고 한 사람이 나왔다. 서준이었다. 그동안의 세월이 외모에서 느껴졌지만 연우는 한눈에 알아볼 수 있었다. 큼직큼직한 이목구비와 함께 짙은 속눈썹 때문에 더 깊어 보이는 눈은 분명 서준이었다. 하지만 연우는 서준을 보자마자 놀랄 수밖에 없었는데, 핏기 없이 창백한 안색과 전보다 훨씬 더 마른 그의 몸 때문이었다. 머리엔 검은색 비니를 쓰고 있어 창백한 얼굴이 더 도드라져 보였다.

"형……"

연우는 신음에 가까운 낮게 잠긴 목소리로 서준을 불렀다.

"오랜만이다, 연우야. 잘 지냈어?"

서준의 인사는 부자연스러울 정도로 자연스러웠다. 오랜만에 만났을 때 느낄 수 있는 어색함이나 거리감도 느껴지지 않았다. 다만 서준의 목소리는 분명 예전보다 낮았고 미세하게 떨렸다. 연우는 그걸 알 수 있었다.

이게 얼마 만이냐고, 그동안 어떻게 지낸 거냐고 조금은 어색하게 묻는 연우의 질문에 서준은 웃으며 멀리까지 와줘서 고맙다는 말로 대답을 대신했다. 그러고는 연우에게 점심은 먹었는지 물어보았다.

"지금 점심 먹으려 했거든. 안 먹었으면 같이 먹자."

배가 고프지 않았지만 제안을 거절할 수 없었다. 연우는 천천히 고개를 끄덕였다. 서준은 미소를 지으며 문 안쪽으로 연우를 안내했다.

짧은 복도를 지나니 작은 마당이 나왔다. 마당을 디귿자 형태의 건물이 둘러싼 구조였는데 도로 쪽이 방금까지 있던 곳이었고 안쪽은 주거용 건물이었다. 서준이 먼저 마당을 가로질러 불투명 유리로 된 미닫이문을 열었다. 싱크대 앞에 서 있는 유진의 뒷모습이 보였다. 서준은 신발을 벗으며 그에게 연우도 같이 먹기로 했다고 말했다.

"들어와. 라면인데, 괜찮지?"

연우는 이번에도 고개를 끄덕일 수밖에 없었다. 서준은 주방 옆의 거실로 연우를 안내해 낮은 원목 테이블 앞에 앉혔다. 그러고는 손님이 왔으니 자신이 직접 정성껏 끓여주겠다며 잠시 기다리라 하곤 주방으로 향했다. 예상과 다르게 흐르는 상황에 연우는 어리둥절했지만 특별히 어떻게 할 수도 없어 가만히 앉아 있었다. 궁금한 게 너무나 많았지만 지금은 그 어떤 것도 물어볼 수 없었다.

아무것도 안 하고 멀뚱히 앉아 있으려니 괜히 어색해서 조심스럽게 몸을 움직여 집안을 이리저리 살펴보았다. 연우의 몸이 조금씩 움직일 때마다 짙은 녹색의 러그가 깔린 오래된 나무 마루에선 작게 삐걱거리는 소리가 났다.

세월의 흐름이 고스란히 배인 오래된 집이었지만 그래도 낡았다는 느낌은 들지 않았다. 아무래도 간소한 살림살이가 깨끗하게 관리되고 있어 그런 듯했는데, 인테리어 스타일은 완전히 달랐지만 사진관이나 집 모두 단정하다는 느낌은 공통적이었다. 거실 한쪽 벽에 자리 잡은 커다란 책장에는 책과 음악 CD들이 빼곡히 꽂혀있었고, 중간 선반에 카메라 한 대가 놓여있었다. 반갑고도 익숙한 카메라였다. 예전에 서준이 매일 어깨에 메고 다녔던 카메라. 오래되었다는 걸 알고 있어 그런지 선반에 놓인 카메라는 마치 소중하게 보관 중인 박물관의 유물처럼 보였다.

주방 쪽이 부산스럽더니 곧 유진이 수저와 그릇을, 그리고 서준이 냄비를 들고 왔다. 연우의 건너편에 앉은 서준은 멀리 속초까지 왔는데 라면밖에 대접하지 못해 미안하다고 했다.

"그래도 이거 너 온다고 해서 특별히 해물 넣고 끓인 거야."

서준이 직접 덜어 건네준 그릇에는 면 위로 오징어와 홍합이 푸짐하게 올라가 있었다. 연우는 그릇을 바라보며 말했다.

"궁금한 게 정말 많아요."

서준은 유진에게도 라면을 덜어주고 마지막으로 자신의 그릇에도 덜었다. 연우와 유진에게 덜어준 양에 비해 서준의 것은 절반도 되지 않았다. 연우는 너무 적은 거 아닌가 생각했지만 별다른 말을 하지는 않았다.

"우선 먹자."

거실에는 세 사람이 라면 먹는 소리만 들렸다. 따로 놓은 빈 그릇에 홍합 껍데기가 하나둘 쌓이더니 금세 가득 찼다. 서준은 얼마 되지 않는 양인데도 워낙 천천히 먹어 시간이 오래 걸렸다. 식사를 거의 마쳤을 때쯤 연우는 서준에게 유진과는 어떻게 되는 사이인지 물었다. 서준은 잠시 뜸을 들였다.

"그냥 뭐, 친한 동생인데 마음이 맞아 함께 스튜디오를 운영하고 있어."

서준의 왼편에 앉은 유진은 잠깐 서준을 곁눈질로 보더니 연우에게 가볍게 고개를 끄덕여 인사했다. 연우는 유진의 눈빛에 어떠한 감정이 담겨있다는 것을 느꼈지만 그게 무엇인지는 알 수 없었다. 서준은 사실 자신은 유진을 도와주고 있을 뿐 실제 포토그래퍼는 유진이라고 하며 그가 워낙 감각이 뛰어나고 SNS로 홍보도 열심히 하는 덕분에 외진 곳에 있는 작은 사진관인데도 멀리서 일부러 찾아오는 사람들이 많다고 했다.

"넌 어떻게 지내고 있어?"

서준이 화제를 돌리려는 듯 연우에게 물었다.

"회사 다니다가 퇴사해서 지금은 작은 카페를 하고 있어요. 4년쯤 됐어요."

서준은 연우에게 예전부터 넌 일반적인 사람들과는 다른 독특한 취향과 감각을 갖고 있었다면서 회사원보다는 카페 사장이 훨씬 잘 어울린다고 했다. 그러고는 결혼은 했는지 물어보았다. 연우는 고개를 저었다.

"그런데 어쩌다가 속초에 오게 된 거예요?"

서준은 어깨를 으쓱하더니 속초가 은근히 살기 좋다고

웃으며 말했다. 연우는 이곳에 연고가 있었는지 물었다.

"아니, 그런 건 아니고. 그냥 어느 순간부터 여기가 마음에 들었던 것 같아. 산도 있고, 바다도 있고, 호수도 있고. 게다가 음식도 맛있고."

연우는 서준이 자세한 대답을 꺼린다는 걸 느꼈다. 그건 어쩌면 유진과 함께여서일지도 몰랐다. 서준과 단둘이 있으면 조금 더 솔직하고 편한 대화를 할 수 있을 것 같았지만 연우가 어떻게 할 수는 없었다. 연우의 속마음을 눈치챘는지 서준은 이제 다 먹은 것 같은데 정리하고 커피라도 한잔하자고 했다. 유진이 재빠르게 일어나며 정리는 자신이 할 테니 둘이 함께 편하게 시간 보내라고 했다.

"그러면 부탁 좀 할게."

서준은 대화를 나누기 좋은 장소가 있다면서 연우에게 밖으로 나가자고 했다. 연우는 벗어놓았던 코트를 챙겨 일어나면서 유진에게 감사하다고 했고, 유진은 별다른 말 없이 흰 도화지에 가는 선을 그은 것 같은 희미한 미소만 살짝 지어 보였다. 연우는 그 웃음이 어딘가 묘하다는 인상을 받았다. 긍정과 부정, 믿음과 의심, 환대와 경계. 보는 관점에 따라 어떻게도 느껴질 수 있는 웃음이었다. 주방에서 설거지를 시작한 유진의 뒷모습을 보고 있으니 연우는 괜히 미안한 마음이 들었다.

서준은 방에서 외투를 챙겨 입고 나왔다. 패딩 점퍼에 목에는 머플러까지 둘렀는데 바깥 날씨를 생각하면 조금 더울 것 같은 차림이었다. 마른 몸 때문에 더 두터워 보이는 점퍼가 맞지 않는 옷처럼 어색하게 보였다. 하지만 문득 서준이 아프기 때문에 저렇게 입었을지도 모른다는 생각이 들었고, 그러자 서준의 옷차림이 괜히 안타까워 보였다. 서준은 외출하게 돼서 기분이 좋은지 아까보다 한층 밝아진 표정이었다.

"드뷔시를 좋아했지?"

거실 책장 앞에서 음악 CD를 살펴보며 혼잣말처럼 중얼거리던 서준이 CD 한 장을 골라 연우에게 보여주었다. 조성진이 연주하는 드뷔시 피아노 작품집으로 연우가 수도 없이 들었던 음반이었다. 자신이 좋아하는 것을 서준이 아직도 기억하고 있어서 연우는 조금 놀랐다. 서준은 한 장의 CD를 더 고른 후 어깨에 멘 에코백에 넣으며 이제 나가보자고 했다.

한낮이 되면서 기온이 더 올라 날씨는 오전보다 한결 따듯했다. 비록 하늘은 흐렸고 간간이 부는 바람엔 옅은 서늘함이 묻어있었지만 분명 포근함이 느껴졌다. 서준은 단골 카페가 있는데 커피가 꽤 훌륭하다며 그곳에서 커피를 사서 밖에서 마시자고 했다. 경랑호 근처에 끝내주는 장소가 있다고 말하는 그의 표정은 분명 처음 만났을 때보다 즐거워 보였다.

"아, 그러고 보니 넌 카페를 하니까 다른 곳에서 사 먹는 거 별로 안 좋아하려나?"

"커피는 남타커가 제일 맛있는 거 모르세요?"

"남타커?"

"남이 타준 커피."

서준은 처음 듣는다는 듯 잠깐 놀란 표정을 짓더니 정말 그렇기도 하겠네, 라며 재밌다는 듯 웃었다. 서준과 나란히 걸으며 연우는 동네를 둘러보았다. 연속되는 낮은 건물 사이로 자동차가 다닐 수 없는 좁은 골목길이 반복되었다. 사거리 모퉁이에 있는 어린이집의 붉은색 미끄럼틀이 흐린 하늘 아래에서 유독 선명하게 보여 연우는 한참을 물끄러미 바라보았다.

"갑자기 이렇게 연락이 올 줄은 몰랐어요."

말없이 걷다가 연우가 조심스럽게 얘기를 꺼냈다. 점퍼 주머니에 두 손을 넣고 천천히 걷고 있던 서준이 시선은 계속 정면을 향한 채 물었다.

"어디까지 듣고 왔어?"

연우는 자세한 건 듣지 못했다고 말했다. 그저 형이 죽어간다고. 그리고 날 만나고 싶어 한다고. 그래서 내가 꼭 와줬으면 좋겠다고. 이렇게 유진에게 들었던 이야기를 있는 그대로 서준에게 해주었다. 서준은 작게 웃더니 정말 핵심만 말했네, 라고 중얼거렸다.

"뭐, 심플하게 말하자면 그게 전부기는 해. 그동안 난 계속 너에게 연락하고 싶었지만 그러지 못했고, 옆에서 그런 내 모습이 답답해 보였는지 유진이 직접 연락한 거야. 이제 더 늦으면 안 될 것 같으니까."

"도대체 어디가 어떻게 아픈 거예요? 죽어간다는 건 또 무슨 소리고."

연우의 표정은 자신도 모르게 심각해졌다. 서준은 연우를 힐끔 바라보았다.

"내가 왜 너한테 그렇게 오랜 시간 동안 연락하고 싶어 했는지 먼저 궁금해할 줄 알았는데. 그건 별로 궁금하지 않은가 봐?"

그건 아니라고, 당연히 궁금하다고, 단지 지금 궁금한 게 너무 많아 무엇부터 물어야 할지 자신도 잘 모르겠다고 말하는 연우를 보며 서준은 그저 싱글거렸다.

"얘기는 저기서 하자. 아마 아주 긴 얘기가 될 거야."

서준이 가리킨 길의 끝에 영랑호의 모퉁이가 보였다.

노부부가 운영하는 로스팅 카페는 영랑호 바로 곁에

있어 커다란 창을 통해 영랑호를 감상하기 좋았다. 향긋한 커피 향이 가득한 카페는 공간의 절반을 로스팅 시설이 차지하고 있어 공간 크기에 비해 좌석은 많지 않았다. 굉장히 다양한 종류의 원두를 취급하고 있었는데, 연우는 이곳의 시설이나 원두 리스트에 비하면 자신의 카페는 초라한 수준이라고 생각했다.

서준은 주인 부부와 반갑게 인사를 하며 서로의 안부를 물었고, 그들에게 서울에서 온 친한 동생이라며 연우를 소개했다. 각자의 커피를 주문한 뒤 연우와 서준은 창 앞에 서서 영랑호의 풍경을 바라보았다.

"맑으면 더 좋았을 테지만 이런 날씨도 나름대로 매력이 있지."

연우는 호수 저 멀리 구름 뒤로 희미하게 보이는 거대한 산을 바라보며 서준의 말처럼 날이 맑으면 분명 멋들어진 풍경이 펼쳐질 것 같다고 생각했다.

"나 혈액암이야. 아마도 백혈병이라고 말해야 더 익숙하겠지?"

가만히 바깥을 바라보고 있던 서준이 갑작스럽게, 하지만 별것 아니라는 듯한 말투로 말했다. 마치 아침에 읽은 그저 그런 가십거리를 전하는 것 같은 심드렁한 말투였다. 서준이 검은색 비니를 벗자 머리카락이 없는 맨머리가 그대로 드러났다. 놀라서 잠시 얼어붙었던 연우는 서준의 머리를 보고 자신도 모르게 미간을 찡그렸다.

"텔레비전에서 많이 봤지? 백혈병 환자들이 보통 머리카락 없는 거. 그게 항암치료 때문이거든. 그런데 난 항암치료는 멈춘 지 오래돼서 다시 머리카락이 나긴 하는데, 그냥 계속 밀고 있어. 없으니까 없는 대로 또 편하더라."

서준은 손바닥으로 두피를 문지르며 진지한 표정으로 나름 어울리지 않냐고 연우를 보며 물었다.

"심각한 거예요?"

연우는 서준의 질문과는 상관없이 물었다. 서준은 다시 비니를 쓰고 어깨를 으쓱했다.

"심각하지. 병원에선 앞으로 1년 정도라고 하는데, 아마 기적이 일어나지 않는 이상 그것보단 훨씬 짧을 거야. 내 생각엔 6개월? 더 짧을 수도 있고."

너무나 태연한 서준의 태도는 연우에게 놀라지도 말고 슬퍼하지도 말고 그저 받아들이라고 말하는 듯했다. 지그시 입을 다문 서준의 옆모습이 갑자기 쓸쓸하게 느껴졌다. 연우는 아무 말도 하지 못하고 그저 서준을 바라보다가 창밖으로 시선을 돌렸다.

주문한 커피를 들고 카페에서 나온 서준과 유진은 영랑호의 산책로를 걸었다. 둘 다 별다른 말은 없었다. 가끔 서준이 혼잣말처럼 겨울도 다 갔네, 오늘은 바람이 참 좋다, 같은 말을 했고 연우는 고개만 주억거렸다. 산책로를 따라 걷는 사람들이 가끔 보일 뿐 호숫가는 너무나 고요하고 평화로워 소리를 내면 안 될 것만 같았다. 그렇게 걷던 중 호수를 향해 놓여있는 벤치가 하나 보였고 서준이 저기에 앉자고 했다.

"여기가 내가 제일 좋아하는 자리야. 여기서 항상 얘랑 함께 호수를 바라보곤 하지."

서준은 벤치 옆에 있는 커다란 바위를 가리켰다.

"너도 인사해. 내 친구 공룡 대가리."

커다란 바위가 아래위 두 덩어리로 길게 나누어져 있었는데, 그 모습이 정말 공룡의 머리처럼 보였다. 마치 커다란 입으로 씩 웃고 있는 것 같은 공룡 머리.

"진짜 공룡 같네요. 얼핏 고래처럼 보이기도 하고."

연우의 말에 서준은 유심히 바위를 보더니 그러고 보니 정말 그런 것 같다고 했다. 자리에 앉은 서준은 에코백에서 휴대용 CD 플레이어와 스피커를 꺼냈고, 나오기 전 챙겼던 드뷔시의 음반을 플레이어에 넣은 뒤 재생 버튼을 눌렀다. 잠시 후 스피커를 통해 조성진이 연주하는 드뷔시 특유의 서정적이고 따뜻한 피아노 선율이 흘러나왔다.

"이 곡 제목이 〈물에 비친 그림자〉야. 여기서 이렇게 영랑호를 바라보며 들을 때마다 이곳 풍경과 정말 잘 어울리는 곡이라는 생각이 들어."

연우도 곡의 제목을 알고 있었다. 그리고 들을 때마다 숲속 한가운데에 있는 작은 호수를 떠올리곤 했었다. 살며시 불어오는 바람, 작은 물결이 천천히 일렁이는 수면, 그 수면에 비치는 초록빛 나무와 하얀 구름, 그리고 눈이 시리도록 파란 하늘. 눈앞에 보이는 영랑호의 풍경은 자신이 상상했던 모습과 닮은 듯 달랐다. 하지만 드뷔시의 음악과 잘 어울린다는 서준의 말은 정말 그렇다고 인정할 수 있었다. 서준은 연우에게 지금도 드뷔시를 좋아하냐고 물었다. 연우는 그렇다고 했고, 서준은 그럴 줄 알았다는 듯 고개를 끄덕였다.

"왠지 넌 변하지 않았을 것 같았어. 시간이 많이 흘렀어도 말이야."

"형은요? 형은 변했어요?"

"글쎄, 변했나? 솔직히 예전의 내가 어땠는지 기억이 잘 나지 않아."

서준은 두 손으로 꼭 쥐고 있던 테이크아웃 컵을 들어 천천히 커피를 마셨다. 그런 그를 바라보던 연우도 커피를 한 모금 마셨다.

"시간이 될 때마다 여기에 앉아 이렇게 음악을 들으며

가만히 풍경을 바라보거든. 그러면 신기하게도 나라는 존재가 희미해져서 사라지는 걸 느껴. 마치 나도 이 풍경의 일부가 된 것 같달까. 잔잔한 물결이 된 것 같기도 하고, 바람에 흔들리는 수풀이 된 것 같기도 하고, 또 어떤 때는 수면 위에 반짝이는 햇살이 된 것 같기도 하고 말이야. 그러면 그 순간엔 내가 예전에 어떤 삶을 살았는지, 앞으로 내 삶이 얼마나 남았는지 같은 건 아무것도 아닌 게 돼."

"언제부터 아팠던 거예요?"

서준은 고개를 돌려 연우를 바라보았다. 걱정과 혼란스러움이 가득한 연우의 눈빛을 본 서준은 굳게 다문 입술을 살짝 씰룩거렸다.

"어디서부터 시작해야 할까. 아무래도 갑자기 연락을 끊고 사라진 순간부터 얘기해야겠지?"

멀리 바다 쪽에서 불어온 바람에 호숫가의 마른 수풀이 작은 소리를 내며 흔들렸다. 스피커에서는 계속해서 드뷔시의 피아노 선율이 평온하게 흘러나왔다. 천천히 숨을 들이마시고 내쉰 서준은 자신에게 일어났던 일들을 차분한 목소리로 연우에게 말해주었다.

연우가 군대에 있는 동안 서준은 급성 녹내장 진단을 받았다. 시야에 이상이 느껴져 병원에 갔을 때 이미 오른쪽 눈의 시야는 많이 좁아진 상태였고, 병이 계속해서 빠르게 진행 중이라 머지않아 시력이 완전히 상실될 거라고 의사는 말했다. 왼쪽 눈은 오른쪽과 비교해 아직 양호하긴 했지만 지속적인 관리가 필요한 상황이라고도 했다. 하지만 아무리 관리를 한다고 해도 어느 순간 오른쪽 눈처럼 될지는 아무도 알 수 없다는 말을 덧붙이면서.

자신이 시력을 잃는다는 두려움은 서준을 지금까지 살면서 처음 느껴보는 깊은 절망에 빠지게 했다. 서준에게 시력을 잃는다는 건 좋아하는 사진을 영원히 찍을 수 없다는 의미였다. 방황의 나날이 계속되었고 학교생활은 더 엉망이 되어 결국 학사경고 누적으로 제적되고 말았다.

서준은 아무것도 할 수 없었다. 외로웠고 누군가의 위로를 받고 싶었다. 가장 먼저 떠오른 사람이 연우였지만 지금 곁에 있을 수 없었다. 대신 서준의 곁에는 시은이 있었다. 서준을 좋아하고 있던 시은은 서준의 병을 알게 되자 진심으로 슬퍼하며 그를 위로해 주었다. 서준은 그런 그녀가 고맙기도 했지만, 자신을 향한 그녀의 마음을 알기에 부담스럽기도 했다.

생각을 정리할 시간을 갖기 위해 어딘가로 떠나고 싶었다. 서울에서의 생활은 정리하기로 했다. 처음에는 고향으로 돌아가야 하는지 고민도 했지만, 결국엔 아무런 연고도 없는 곳으로 떠나자고 결심했다. 그렇게 선택한 곳이 속초였다.

"사실 너에게 선물로 준 보름달 사진을 찍은 곳이 바로 여기, 속초였어."

속초였다는 서준의 말에 연우는 살며시 눈을 감고 숨을 깊게 들이쉬었다가 내쉬었다. 절망의 끝에서 다시 찾아온 속초가 서준에게 어떤 의미로 다가왔을지 생각해 보았다. 반가움이자 위안이었을지도 모르고, 어쩌면 그리움이었을지도 몰랐다.

"그러면 그때부터 계속 여기에 있었던 거예요?"

"아니, 그렇지는 않고."

스피커에선 연우가 좋아하는 베르가마스크 모음곡이 흘러나오기 시작했고 서준은 이미 식어버린 커피를 한 모금 마셨다. 청둥오리 몇 마리가 잔잔한 수면에 작은 파문을 그리며 두 사람 앞을 유유히 지나갔다.

"시은을 보내야 했어. 그래서 다시 서울로 돌아왔고."

서준이 속초에 간 걸 알게 된 시은은 곧바로 그를 찾아 이곳으로 왔다. 그녀는 서준을 사랑했고 그의 곁에서 함께 있길 원했다. 자신이 그에게 위로가 되어주고 힘이 되어주길 바랐다. 그래서 학기 중이었음에도 불구하고 무작정 속초로 왔다. 하지만 서준은 시은을 받아줄 수 없었기에 떠나보내야만 했다. 그녀가 마음에 들지 않는다거나 그런 건 아니었다.

"내가 여자를 사랑할 수 없다는 걸 그제야 확실하게 깨달았거든."

그전까지는 의심하고 부정했지만, 속초에서 시은과 함께 지내며 서준은 자신이 남자에게 마음이 끌린다는 걸 확신하게 되었다. 혼란스러웠지만 받아들일 수밖에 없었고, 그러자 마음은 오히려 편안해졌다. 사실을 알게 된 시은은 놀랐지만 그렇다고 서준을 떠나려고 하지는 않았다. 서준은 그러한 그녀를 설득했고, 결국 함께 서울로 올라와 그녀를 보냈다.

"놀랐니?"

서준은 쥐고 있던 컵을 내려놓고 두 손을 점퍼 주머니에 넣었다. 연우는 아무 말도 하지 못하고 서준을 바라보았다.

"너에게 연락하지 않은 이유도. 너를 떠난 이유도 그래서였어. 나의 존재가 너에게 분명 부담이 될 테니까."

서준의 목소리가 조금 떨리는 듯했다.

"널 알게 된 이후로 난, 널 항상 그리워했거든."

서준의 말에 연우는 오래전 서준과 함께 보냈던 순간들이 떠올랐다. 서준과 처음 만났던 주점의 눅눅한 공기,

노천극장에 앉아 커피를 마시며 아무 말 없이 살랑이는 바람을 맞았던 봄날의 오후, 밤새 술을 마시고 푸르스름하게 밝아오는 하늘을 바라보며 큰 소리로 웃고 떠들며 골목길을 걸었던 여름날의 새벽, 서준의 오피스텔에서 서로 너무나도 다른 오아시스와 차이콥스키의 음악을 연속해서 들으며 창문에 흘러내리는 빗물을 하염없이 바라본 가을날의 저녁, 그리고 서준의 선물이 들어있는 도면통을 어깨에 메고 설레는 마음으로 집으로 돌아왔던 그해 겨울밤까지.

연우는 문득 궁금해졌다. 만약 서로가 상대에게 느꼈던 감정을 조금 더 일찍 솔직하게 받아들였다면 우리는 과연 어떻게 됐을지.

"지금까지 한순간도 널 그리워하지 않은 순간이 없었어. 유진도 그 사실을 잘 알고 있기에 용기를 내지 못하고 있는 나 대신 너에게 연락을 한 거야. 이제 시간이 얼마 남지 않았으니까. 너무 늦게 연락해서 미안해. 하지만 꼭 한 번은 만나서 너에게 얘기해 주고 싶었어."

연우는 자신도 그러했다고, 형을 만나지 못했던 그 오랜 시간 그리워했다고 말하고 싶었다. 어쩌면 서준도 연우의 마음을 이미 알고 있을지 몰랐다. 하지만 지금 와서 그런 건 아무 의미도 없었다. 그저 수많은 시간이 흘러 이제야 서로의 진심을 확인했다는 것이, 그리고 마지막 순간이 얼마 남지 않았다는 것이 안타까울 뿐이었다.

"고마워요. 이제라도 말해줘서."

떨리는 몸을 들키지 않게 애를 쓰며 연우가 말했다. 서준은 주머니에 넣었던 손을 빼 연우의 손 위에 살며시 올렸다. 야윈 서준의 손에서 느껴진 따스한 온기에 연우는 알 수 없는 뭉클함이 가슴 속에 차오르는 걸 느꼈다. 연우는 서준의 손을 꼭 잡았다. 두 사람 사이엔 잠시 침묵이 흘렀다. 그리고 〈달빛〉의 우아하면서도 투명한, 마치 수채화 같은 멜로디가 그 비어있는 공간을 번지듯 물들여나갔다. 두 사람은 호수를 바라보며 그렇게 한참을 앉아 있었다.

드뷔시의 음반은 모든 곡이 재생되고 다시 첫 곡이 흘러나왔다. 서준은 음악을 바꿔도 괜찮겠냐고 물었고, 연우는 좋다고 했다. 서준이 하나 더 챙겨온 음반은 마리스 얀손스가 지휘하고 로열 콘세르트허바우 오케스트라가 연주한 시벨리우스의 2번 교향곡이었다.

"여기에 앉아 이 음악을 듣는 걸 정말 좋아해. 특히 4악장을 듣고 있으면 가본 적도 없는 핀란드의 풍경을 상상하게 되거든. 빙하가 녹아 만들어진 거대한 호수, 울창한 침엽수림, 눈 덮인 거대한 산맥 같은 것들. 시벨리우스가 보았을 그 풍경은 분명 아름답고 경이롭지만, 왠지 모르게 외롭고 쓸쓸하기도 할 것 같아. 지금 내가 바라보고 있는 이곳의 풍경처럼 말이야."

"속초에 다시 오게 된 특별한 이유가 있어요?"

연우의 물음에 서준은 잠시 상념에 잠겼다가 대답했다.

"아마도, 보름달이었어. 날 다시 이곳에 오게 만든 건."

"보름달?"

서준은 그때를 떠올리듯 가늘게 뜬 눈으로 호수의 저 멀리 끝을 바라보았다. 하늘에 낮게 깔린 구름은 아주 느린 속도로 흘러갔다.

서울로 돌아와 시은과 헤어진 서준은 상당히 오랜 시간을 아무것도 하지 않고 의미 없이 흘려보냈다. 그 사이 오른쪽 눈의 시력은 거의 잃었고, 왼쪽 눈의 시력은 다행히 안약 치료를 받으며 유지할 수 있었다. 그래서 왼쪽 눈으로 사진을 찍는 게 가능했지만 절망에 빠졌던 서준은 이미 사진에 대한 의욕을 잃은 지 오래였다. 서준은 자신이 조금씩 희미해져 가는 걸 느낄 수 있었다.

그러던 어느 날 밤 동네 골목길을 산책하던 중 주변이 평소보다 유독 밝다는 걸 알아차렸고 서준은 이상한 기분을 느껴 하늘을 올려다보았다. 그곳에는 커다란 보름달이, 지금까지 본 것 중 가장 크고 밝아 보이는 보름달이 떠 있었다.

넋을 잃고 가만히 서서 한참 동안 보름달을 바라보던 서준은 쏟아지는 달빛 아래에서 문득 연우를 떠올렸다. 그러자 아련한 쓸쓸함이 밀려왔고 어느 순간 자신도 모르게 보름달을 향해 살짝 떨리는 목소리로 소원을 빌었다.

"다시 시작하게 해주세요."

무엇을 다시 시작하고 싶은지 알 수 없는 불분명한 소원이었다. 자신의 건강일 수도 있었고, 사진을 찍고 싶다는 의지일 수도 있었으며, 아니면 연우와의 관계일 수도 있었다. 어쩌면 그 모든 것을 다 포함하는 자신의 인생 전체일지도 몰랐다. 하지만 서준은 다른 어떤 말도 덧붙이지 않았다. 그저 그대로 달빛 아래에 한참 동안 우두커니 서 있다가 집으로 돌아갔다.

집으로 돌아온 서준은 그날 밤 내내 원인을 알 수 없는 고열에 시달렸다. 선잠을 이루며 짧은 꿈을 여러 번 꾸었는데, 어떤 꿈에선 얼굴이 없는 연우와 시은이 등장했고, 어떤 꿈에선 밤하늘에 두 개의 달이 떠 있었으며, 또 어떤 꿈에선 자신이 차가운 바다로 천천히 걸어 들어갔다. 아침이 밝아올 때가 되어서야 열이 가라앉은 서준은 겨우 일어날 수 있었고, 거울을 보았을 때 머리카락 일부가 하얗게 센 걸 알게 되었다. 그리고 며칠 지나지 않아 머리카락 전체가 완전히 하얗게 세어 백발이 되었다. 병원에서도 원인은 알지 못했다. 하지만 서준은 딱히 궁금해하지 않았다. 그저 자신 내부의 어떤 무언가가 변해버렸기 때문이라고 어렴풋이 짐작만 할 뿐이었다.

그때쯤, 서준은 유진을 알게 되었고 두 사람은 동거를 시작했다. 유진은 서준을 사랑했고 서준도 유진과 함께하면서 점점 안정감을 느낄 수 있었다. 사진작가인 유진 덕분에 서준은 다시 조심스럽게 사진을 찍기 시작했다. 가끔 달을 찍을 때면 어쩔 수 없이 연우가 떠올라 감상에 빠져 힘들어하곤 했는데, 유진은 그럴 때마다 가만히 기다려주었다.

유진은 서준과 함께 스튜디오를 열길 원했다. 서준도 유진이라면 함께 할 수 있을 것 같았다. 장소는 두 사람 다 서울이 아닌 한적한 곳을 원했고, 서준은 곧바로 속초를 제안했다. 유진은 이유를 묻지 않고 제안을 받아주었다. 연우의 존재를, 그리고 서준이 그를 위해 속초에서 찍었던 사진의 존재를 어렴풋이 알고 있던 유진은 서준의 닿을 곳 없는 그리움을 이해하고 지켜주기로 했다.

적당한 장소를 찾던 두 사람은 영랑호의 풍경에 마음을 빼앗겨 곧바로 그 근처에 집을 구하고 스튜디오를 차렸다. 스튜디오의 이름은 〈이스트엔드〉라고 지었다. 달이 뜨는 동쪽, 세상의 끝. 예전에 시은이 속초를 지칭했던 말이 기억나 지은 이름이었다. 서준은 그 말이 무척 마음에 들었는데, 특히 세상의 끝이라는 말이 좋았다. 그곳에선 모든 게 끝나는 동시에 무언가 다시 새롭게 시작될 수 있을 것만 같았다.

"그게 벌써 10년도 훨씬 전의 일이야. 이후로 별다른 문제 없이 평안하다고 할 수 있는 날들을 보냈지. 5년 전까지는 말이야."

5년 전 서준은 혈액암 진단을 받았다. 녹내장 때와는 달리 이번엔 절망하지 않았다. 혈액암은 한쪽 눈의 실명보다 훨씬 심각한 문제였지만, 서준은 스스로 놀랄 정도로 초연했고 자신에게 다가온 운명을 차분하게 받아들일 수 있었다. 어떻게 그럴 수 있었는지 자신도 이유를 알 수 없었다.

그렇게 시간이 한참 흐른 뒤 어느 날 새벽, 서준은 푸르스름한 하늘에 외로이 걸려 있는 손톱 같은 잔월을 바라보며 문득 그런 생각이 들었다. 유진을 만나고 속초까지 오게 된 건 어쩌면 보름달을 보며 빌었던 자신의 소원이 이루어진 건지도 모른다고. 그렇다면 무언가를 얻었으니 무언가는 잃어야만 하는 게 자연스러운 걸지도 모른다고. 차오르면 기우는 저 달처럼.

"아마도 난 본능적으로 알고 있었던 것 같아. 소원이 이루어지면 나 자신을 잃을 수도 있다는 걸. 그래서 병을 알고도 놀라지 않고 담담하게 받아들일 수 있었던 거지. 다가올 마지막을 기다리면서 말이야."

연우는 서준의 말을 쉽게 수긍할 수도, 그렇다고 반박할 수도 없었다. 그저 안타까움에 긴 탄식을 내뱉을 수밖에 없었다. 서준은 연우의 한숨에 쓸쓸한 미소를 지었다.

"완전히 나를 잃어버리기 전에 꼭 하나, 하고 싶은 게 있었어. 널 만나는 것. 그게 내 마지막 소원이었어."

서준은 이번엔 달을 향해 소원을 빌지 않았다. 대신 부슬비가 내리던 어느 날, 유진과 함께 간 영금정에서 바위에 부딪혀 하얗게 부서지는 파도를 바라보며 자신의 소원을 그에게 말했다. 막막한 바다에 울리는 처연한 파도 소리와 함께 서준의 소원은 유진의 가슴에 새겨졌다. 유진은 아무 말도 하지 않고 서준을 꼭 안아주었다. 유진의 따스한 온기를 느끼자 서준은 자신도 모르게 눈물을 흘렸다.

그날 밤, 비가 그치고 구름이 걷히면서 영금정 위로 커다랗고 환한 보름달이 모습을 드러냈다.

점점 고조되어 가던 시벨리우스의 교향곡은 절정의 4악장에 접어들었다. 서준은 웅장하게 몰아치는 듯한 현악

기의 멜로디를 허밍으로 작게 흥얼거렸다. 연우도 그 멜로디에 집중했다. 눈 앞에 펼쳐진 호수와 구름 뒤로 희미하게 보이는 거대한 산맥이 만들어내는 풍경은 어느새 음악과 하나가 되었다.

"그래서 유진씨가 나한테 연락했던 거구나."

서준은 가볍게 웃으며 도저히 자신이 직접 연락할 수는 없었다고 했다. 연우는 고개를 그덕였고, 오늘 보았던 유진의 모습을 이제야 모두 이해할 수 있었다. 그의 표정이나 행동은 자신의 연인이 그리워하는 사람을 직접 만났기 때문에, 그 두 사람이 함께 있는 모습을 직접 보았기 때문에 나온 것들이었다. 유진은 분명 자신의 기분이 어떨지 예상했음에도 서준을 위해, 그의 마지막 소원을 위해 해야 할 일을 했다. 연우는 유진이 서준을 진심으로 사랑한다고 확신했고, 서준의 마지막이 그러한 사람과 함께일 수 있다는 게 정말 다행이라고 생각했다.

"우린 이제 어쩌죠?"

음악이 거의 끝나갈 때쯤 연으가 물었다. 서준은 비니를 고쳐 쓰고 천천히 자리에서 일어나 난간에 두 팔을 올리고 호수를 바라보았다.

"어쩌긴. 넌 다시 서울로 돌아가야지. 그리고 너의 삶을 살아가. 나도 여기에서 묵묵히 남은 나의 삶을 살아갈

게. 우리가 해야 할 일은 그것뿐이야."

"또 와도 되죠?"

한참을 망설이다가 연우가 물었다. 서준이 몸을 돌려 연우를 바라보았다. 연우는 자리에서 일어나 서준에게 다가갔다. 서준은 천천히 고개를 저었다.

"난 이제 너를 그리워하지 않을 거야. 왜냐하면, 오늘 이렇게 널 만나고 너와 함께 음악을 들으며 영랑호를 바라보았으니까. 이 기억을 가슴 속에 품고 마지막 날까지 외롭지 않게 지낼 수 있을 것 같으니까. 그럴 수 있다는 건 내게 그 어떤 것보다 행복한 거야. 그러니 이제 오지 않아도 괜찮아."

연우는 서준을 안았다. 두꺼운 외투 안으로 느껴지는 가녀린 서준의 몸이 연우의 마음을 더욱 슬프게 했다. 오래지 않아 사라질 이 몸을 이렇게라도 기억하고 싶어 연우는 더 힘껏 안았다. 그리고 작은 목소리로 속삭였다.

"그래도 또 올게요. 저는 이 기억만으로 형을 보낼 수 없을 것 같아요."

서준은 눈시울이 점점 뜨거워지는 걸 느꼈지만 눈물을 흘리고 싶지는 않았다. 무슨 말이라도 하고 싶었는데 떨리는 입술 사이로 어떤 말도 나오지 않았다. 그저 연우의 등을 천천히 토닥일 뿐이었고, 연우도 그렇게 가만히 서준을 안고 있었다.

*

속초에서 돌아온 뒤에도 연우는 할 수 있는 최대한 자주 서준을 만나러 갔다. 못해도 한 달에 한 번은 속초를 방문하려 노력했다. 카페의 임시휴업이 잦아졌지만 연우는 개의치 않았다. 이제 연우에겐 자신의 삶만큼이나 서준과 함께 하는 얼마 남지 않은 만남도 소중했다.

만나면 특별히 하는 것 없이 매번 영랑호를 바라보며 음악을 들었다. 가끔 옛 추억을 떠올리며 서로 미소를 짓기도 했지만, 대화는 길지 않았다. 나날이 투명해지는 호수의 물빛과 짙어지는 설악산의 초록을 그저 함께 보는 것만으로도 두 사람은 충분했다.

어느 날엔 서준이 연우에게 시은의 소식을 알려주었다. 사실 그녀도 지금 속초에 있고, 속초 해변 근처에서 카페를 운영하고 있다고. 가끔 연락을 주고받기도 하고, 그녀가 스튜디오에 찾아오기도 한다고. 그녀가 왜 속초에 있는지 궁금해하는 연우에게 서준은 잠시 침묵하다 말했다.

"글쎄, 분명 속초여야 했던 이유가 있었겠지."

연우는 고개를 돌려 서준을 바라보았다. 서준의 시선

은 멀리 산 정상 부근을 향하고 있었다. 그의 눈은 퀭하게 들어갔지만 속눈썹만은 여전히 길게 뻗어있었다. 연우는 속눈썹의 미세한 떨림을 가만히 바라보며 그녀가 속초로 온 이유는 분명 서준일 거라고 생각했다.

서준은 연우가 올 때마다 상태가 확연히 나빠졌다. 연우는 그런 서준을 보며 이제 남은 시간이 길지 않다는 것을 직감했고, 서울로 돌아가는 버스 안에서 매번 안타까움을 느끼며 무겁게 가라앉았다. 그러던 어느 날, 상태가 급격히 나빠진 서준은 중환자실에 입원했다. 중환자실은 보호자를 제외하고는 면회가 제한되었다. 유진은 연우에게 전화를 걸어 이제 마음의 준비를 해야 할 것 같다고 했다.

얼마 뒤 서준은 호스피스 병동으로 옮겨졌고, 그건 이제 서준의 삶이 얼마 남지 않았다는 걸 의미했다. 연우가 찾아갔을 땐 서준은 이미 사람을 알아보지도, 말도 하지 못하는 상태였다. 연우는 참담한 마음에 그러한 서준을 두고 차마 서울로 돌아갈 수 없었다. 며칠간 속초에 머물며 서준의 곁을 지켰다. 그의 곁에 앉아 실은 자신도 형을 사랑하고 그리워했다고 속삭였다. 함께 들었던 시벨리우스와 드뷔시의 음악도 들려주었다. 서준의 눈동자는 초점이 없었지만, 연우는 서준이 분명 자신과 함께했던 시간을 떠올리고 있을 거라고 믿었다.

그리고 며칠 뒤, 서준은 세상을 떠났다. 연우와 다시 만난 지 5개월 만이었다. 연우는 남은 시간이 길어야 6개월이라고 했던 서준의 말을 떠올리며 그가 자신이 완전히 사라질 때를 이미 알고 있었다는 것이 새삼 안타깝게 여겨졌다.

발인 날에는 따뜻한 여름비가 온종일 차분하게 내렸다. 서준의 시신은 화장되어 그의 소원대로 영랑호에 뿌려졌다. 소리도 없이 내리는 비와 함께 잿빛 뼛가루가 호수에 스미는 걸 가만히 지켜보며, 연으는 과연 이 끝에서 다시 시작되는 건 무엇일지 생각해 보았다. 하지만 아무리 생각해 봐도 알 수 없었다. 어떠한 끝은 주인공이 죽은 이야기처럼 다시 시작할 수 없는 완전한 마지막을 의미하는 것이었다.

연우는 영랑호에 함께 온 몇 안 되는 조문객들 속에서 한 여자를 보았다. 그리고 그녀가 시은이라는 걸 한눈에 알아보았다. 하지만 그녀는 연우를 알아보지 못했다. 붉게 충혈된 눈으로 먼발치에 서서 멍하니 영랑호를 바라보고 있는 그녀에게 연우는 끝내 인사를 하지 못했다. 그녀와 서준만의 시간을 방해해선 안 될 것 같았다. 연우는 유진과 함께 스튜디오로 돌아오면서 서준과 시은이 속초에서 함께 했던, 하지만 서준이 자신에게는 말해주지 않은 이야기를 상상해 보았다. 이제는 영랑호의 밑바닥으로 깊이 가라앉아 다시는 떠오르지 않을, 영원히 알 수 없는 그 이야기에 연우는 괜스레 마음이 더 쓸쓸해졌다.

 스튜디오로 돌아온 유진은 연우에게 차를 마시겠냐고 물었고 연우는 괜찮다고 했다. 유진이 주방으로 간 사이 연우는 거실의 원목 테이블 앞에 앉아 가만히 주변을 둘러보았다. 처음 이곳에 왔을 때와 달라진 건 없었다. 책장에 빼곡히 꽂힌 책과 음반들도, 이제는 정말 주인을 잃고 유물이 되어버린 서준의 카메라도 모든 게 그 자리 그대로였다. 괜히 전보다 더 어둡고 색이 바랜 듯 보이는 건 단지 비가 내리는 흐린 날씨 때문이라고 생각했다. 연우는 선반 위에 내려앉은 희미한 어둠과 그 속에 잠겨있는 주인 잃은 물건들이 어쩔 수 없이 슬퍼 보여 고개를 돌리고 말았다.

 머그잔을 들고 온 유진이 연우의 건너편에 앉았다. 유진은 별다른 말 없이 홍차를 천천히 식혀가며 마셨고, 연우는 여전히 비가 내리는 마당의 풍경을 물끄러미 바라보았다. 처마에 매달린 빗물이 고여있는 물웅덩이에 한 방울씩 떨어지며 만들어내는 소리만이 적막 속에서 느리게 퍼졌다.

 잠시 후 유진이 잔을 내려놓고 연우에게 마지막을 서

준과 함께 해주어서 감사했다고 했다. 사실 연우에게 처음 전화했을 때 부탁을 거절할까 봐 많이 걱정했다고 했다.

"만약 그랬다면 분명 서준은 더 일찍 죽었을 거예요. 그리움에 더 고통스러워하면서."

연우는 머그잔에서 피어오르는 하얀 김에 시선을 고정한 채 유진에게 이제 어떻게 할 예정이냐고 물었다. 유진은 특별히 달라질 건 없다고 했다. 여전히 이곳에서 사진을 찍을 것이고, 영랑호를 바라볼 것이며, 매일매일 서준을 기억할 거라고 했다. 그렇게 잊지 않고 서준을 기억하는 게 자신이 할 일이라고 했다. 연우는 유진의 얼굴을 바라보며 그가 따듯하고 진실한 사람이라고 생각했다. 그리고 정작 자신은 이제 어떻게 해야 하는지 알지 못한다는 걸 깨닫게 되었다.

"가끔 여기에 와도 괜찮겠죠?"

자신을 바라보는 유진에게 연우는 시간이 지나면 저기 저 책장에 꽂힌 책을 읽고, 음악을 듣고 싶어질 것 같다고 했다. 유진은 고개를 끄덕이며 물론 괜찮다고, 이곳은 이제 연우에게도 분명 특별한 장소일 테니 언제든지 오라고 했다. 자신이 반겨주겠다고 하며. 잠시 침묵이 찾아왔고 유진이 다시 차를 한 모금 마셨다. 그러고는 줄 게 있다며 자리에서 일어나 책장 서랍을 열어 네모난 종이봉투를 하나 꺼내 테이블 위에 올려놓았다.

"형이 꼭 자신이 죽고 나면 주라고 했어요."

봉투 속에는 손바닥보다 조금 더 큰 크기의 사진 한 장이 들어있었다. 사진에는 하얗게 눈이 쌓인 해변과 그 위에 서 있는 조개껍데기로 눈을 만든 눈사람, 그리고 눈사람 뒤로 어두워지기 시작한 검푸른 하늘에 투명하게 빛나는 작은 보름달이 있었다. 겨울과 바다, 그리고 보름달. 연우가 좋아하는 것들 모두 선명하고 아름답게 찍힌 사진이었다.

"이 말을 꼭 전해달라고 했어요. 너무 늦게 약속을 지켜서 미안하다고."

연우는 사진을 바라보며 한참 동안 아무 말도 하지 못했다. 오랜 시간 동안 혼자서 쌓아왔을 서준의 그리움이 겨울 바다의 파도처럼 조용하지만 묵직하게 연우의 가슴 속으로 밀려왔다. 연우는 가만히 눈을 감고 서준을 떠올렸다. 눈앞의 깊이를 알 수 없는 어둠 속에서 서준과 함께했던 추억들이 희미한 섬광이 되어 점멸했다. 아마 시간이 지나고 어느 순간이 되면 완전히 어둠에 묻혀 다시는 볼 수 없게 되어버릴지 모를 빛들이었다. 어쩌면 완전히 사라지기까지 그리 오래 걸리지 않을지도 몰랐다.

연우는 천천히 눈을 떴다. 이제부터 자신이 해야 할 일이 무엇인지 알 것 같았다. 그건 바로 시간이 지나도 서준을 잊지 않고 그리워하는 것. 고요한 침묵 속에서 그를 향한 그리움을 그저 가만히 가슴 속에 쌓아가는 것. 그것뿐이었다. 그리고 언젠가 켜켜이 쌓인 그리움의 무게를 감당할 수 없게 된다면 이곳으로 오자고 다짐했다. 〈이스트엔드〉가 있고, 영랑호가 있고, 서준이 잠들어 있는 이곳으로.

달이 뜨는 동쪽, 세상의 끝에선 어쩌면 모든 것이 다시 시작될 수 있을지도 모르니까.

작가의 말

다시 시작하는 이야기

작년 1월에 두 번째 작품집 출간 후 봄이 시작될 무렵부터 새로운 작품집의 구상을 시작했는데, 이때 생각하고 있던 키워드가 '새로 고침'이었다. 새로 고침. 컴퓨터에서 현재 화면의 페이지를 다시 불러들여 최신 내용을 볼 수 있도록 하는 기능, 이라고 사전에 정의되어 있는 단어. 사전적 정의를 몰라도 보통은 인터넷 웹 페이지의 속도가 느리거나 멈춘 것 같을 때, 또는 기다리는 소식이 아직 업데이트 안 되어있을 때 될 것을 기대하면서 이용하는 기능. 쉽게 말해 멈춰 있거나, 변한 게 없거나, 처음으로 돌아가고 싶을 때 우리는 새로 고침을 한다.

　아마도 나는 당시에, 지금은 그게 무엇이었는지 기억

도 가물가물하지만, 분명 답답하고 불확실한 상황을 겪고 있었던 듯하다. 그래서 마음속에는 '처음으로 돌아가고 싶다' 또는 '모든 걸 원점으로 돌리고 싶다' 같은 생각이 가득했고, 결국 그러한 생각이 밑알이 되어 인물을 만들어 내고 이야기를 구상하기 시작했던 것 같다.

그런데 이야기를 쓰다 보니 정작 내가 쓰고 싶었던 건 새로 고침이 아니었단 것을 깨달았다. 내가 쓰고 싶었던 건 원치 않던 결과—보통은 실패라고 부르는 결과—를 마주했을 때 단순히 처음부터 과정을 반복하는 행위가 아니라, 실패에 따르는 실망과 아픔을 고스란히 자신의 것으로 받아들이고 보다 나은 결과를 위해 다른 시도를 하는 이야기였다. 그건 새로 고침이 아닌 '다시 시작'하는 이야기였다.

소설을 써 나가면서 과연 어떻게 하면 다시 시작할 수 있는 건지 많은 고민을 했다. 새로운 문을 마주했을 때 주저하지 말고 발걸음을 내디디면 되는 건지, 용기를 내 아픈 과거를 직면하고 받아들이면 되는 건지, 아니면 조금 더 여유로운 마음으로 때를 기다리며 그저 시간의 흐름에 자신을 가만히 맡기면 되는 건지 확신할 수 없었다. 어쩌면 오랜 시간 동안 간절히 그리워하고 바라야지만 되는 건지도 모른다.

이 책에 실린 네 편의 소설과 그 속에서 서로 연결되어 움직이는 인물들은 지난 1년 동안 천착했던 '다시 시작'에 대한 나의 고민과 의심, 바람과 기대가 한데 뒤엉키고 녹아들어 변형의 과정을 거친 끝에 다다른 불확실한 대답들이다. 그렇기에 독자들은 어떤 면에서는 고개를 끄덕일 수도 있지만, 또 어떤 면에서는 고개를 갸웃할 수도 있을 것이다.

어쩌면 네 편의 소설은 끊임없이 파도가 치는 미지의 바다를 표류하던 끝에 도달한 기착지(寄着地 목적지로 가는 도중 잠깐 들르는 곳)일 뿐인지도 모른다. 그렇다면 나는 목적지를 향해 다시 떠나야 하고, 다시 실패할 수도 있으며, 그렇다면 또다시 항해를 시작해야만 할 것이다. 그러고 보면 지금까지 나는 그렇게 소설을 써왔고, 내게 있어 소설을 쓴다는 건 '다시 시작'의 행위가 아니었나 싶다.

2020년부터 계속해서 소설을 쓰고 있지만 소설을 쓰는 건 지금까지 단 한 순간도 녹록하지 않았다. 아니, 시간이 지날수록 점점 더 어렵게 느껴졌다. 그 이유가 혹시 내가 다시 시작하는 것을 두려워해서, 미약한 지금에 안주하고 싶어서 그랬던 건 아니었을까? 만약 그랬다면 이 책이 조금은 나약해지고 겁이 많아진 내가 다시 시작하기 위해 작은 용기를 내 조심스럽게 내디딘 발걸음이 되었으면 좋겠다.
 부디 나의 이 미미한 발걸음이 독자들의 마음으로 향했기를 바란다.

2023년의 봄을 통과하며
주얼 드림

달이 뜨는 동쪽, 세상의 끝
주얼 2023

초 판 1쇄 펴낸날 | 2023년 4월
개정판 1쇄 펴낸날 | 2024년 9월

지은이 | 주얼
편 집 | 주얼
디자인 | 주얼
제 작 | 주얼

펴낸곳 | 이스트엔드
펴낸이 | 주얼
이메일 | eastend_jueol@naver.com
S N S | @eastend_jueol

ISBN | 979-11-977460-7-9-03810

이 책의 판권은 지은이와 이스트엔드에 있습니다.
이 책 내용의 전부 또는 일부를 재사용하려면 반드시 양측의 서면동의를 받아야 합니다.